TAXI VICTORIA

Sonia V.

TAXI VICTORIA

Édition : BoD – Books on Demand,
12/14 rond-point des Champs-Élysées,
75008 Paris.
Impression : BoD - Books on Demand,
Norderstedt, Allemagne
ISBN : 978-2-3221-6056-3

Dépôt légal : septembre 2018

Table des matières

—1—
Léon

Elle lui avait manqué sa Victoria.
Léon ne s'en séparait jamais bien
longtemps. Juste pour l'emmener au
garage quand elle devait faire le contrôle
technique ou la révision. Sa Victoria
n'était pas une Ford. C'était une Honda
FR-V cinq portes bleu foncé de 2003.
Mais Léon l'avait baptisée Victoria en
souvenir de sa première course dans
son tout nouveau taxi. Un petit bout de
jeune femme au ventre bien rond avait
accouché dans sa voiture qui sentait
encore le neuf. C'était là, sur la
banquette arrière en tissu noir et gris,
qu'était née Victoria.

Ça faisait plus de vingt ans qu'il confiait sa voiture à Marcel. Son garage était à plus de vingt kilomètres de Cenon, mais ce n'était pas grave. Il y tenait à sa Victoria et c'était le seul en qui il avait confiance.

Léon n'était pas encore en service. Il roulait juste pour le plaisir de retrouver son taxi. Il écoutait le moteur ronronner, le claquement régulier des essuie-glaces, la pluie s'abattre sur le toit de sa Victoria et le son discret des clignotants. Au milieu de ces automobilistes qui s'agitaient à l'heure de pointe — pressés de regagner la chaleur de leur foyer en ce mois de décembre —, Léon était comme immunisé. Immunisé contre le stress généré par le trafic qui se propageait de véhicule en véhicule, tel un virus.

Il l'aimait son métier, Léon. Il avait soixante-deux ans et il n'imaginait pas arrêter. Qu'est-ce qu'il ferait ? C'était ça, sa vie. Être libre, rouler à bord de sa Victoria et rencontrer des gens le temps d'une course. Et il en avait rencontré depuis toutes ces années de chauffeur taxi. De toutes sortes. Des grincheux, des mélancoliques, des cons. Des propres, des sales. Des chanceux, des poissards. Des heureux, des malheureux. Des amoureux, des brisés.

Il donna le dernier coup de chiffon sur le tableau de bord. Léon ne passait pas plus de deux jours sans nettoyer sa Victoria. Il était maniaque. Peut-être comme un toc, sa Victoria devait toujours être propre et sentir bon l'odeur de lavande. Depuis qu'il était devenu chauffeur taxi, il n'avait jamais changé son rituel. Avant chaque début de service, il disposait des petites bouteilles d'eau à l'arrière du véhicule avec des petits bonbons rond de toutes les couleurs. Il secoua et frotta une dernière fois les sièges. Il appuya ensuite sur le bouton *éject* du lecteur CD pour vérifier — même s'il n'avait aucun doute – que l'album de Charles Aznavour y était. Un dernier coup d'œil à l'intérieur et à l'extérieur. Elle brillait, elle sentait bon. Léon était content. Il regarda l'heure sur sa montre. 19h50. C'était l'heure d'aller manger. Il avait juste à descendre la rue à pied pour arriver à la brasserie « Chez Myriam ». C'est ici qu'il venait manger toutes les semaines, cinq soirs sur sept.

Léon connaissait Myriam depuis qu'il avait emménagé à Cenon. Ça faisait donc bien longtemps. Trop longtemps, pensa-t-il avec nostalgie. Il avait quitté sa Bretagne natale au décès de sa femme, Blanche. L'amour de sa vie. Il n'avait pas d'enfant. Sa femme ne pouvait pas en avoir, mais ça n'avait pas été dramatique. Ils se suffisaient l'un à l'autre. D'une relation à l'origine purement conviviale, Myriam et Léon étaient devenus des amis ; ce genre de relation amicale que seules les épreuves de la vie et les années façonnent. Quand le cancer avait emporté son mari, Léon était à ses côtés. Il le connaissait bien le cancer, lui aussi. Il avait frappé à sa porte un matin d'automne 1987. Puis il était reparti deux ans plus tard avec Blanche.

En passant le pas de la porte, Léon porta ses mains croisées devant sa bouche et souffla dessus pour les réchauffer. La brasserie n'avait rien de singulier. C'était un bistrot comme un autre. Des tables carrées noires étaient disposées, ici et là. Le comptoir imposant avec un plan en granite noir pigmenté et entouré de tabourets faisait face à l'entrée. La décoration était peut-être un peu froide et impersonnelle, mais l'atmosphère était familiale et chaleureuse.

Parfois, en entrant dans la brasserie, Léon et Myriam ne se disaient pas bonjour avec des mots. Ils se le disaient juste avec un simple regard.

Léon enleva son chapeau et son épaisse veste molletonnée marron avec son col en peau de mouton sous le regard impressionné des deux enfants assis à la table d'en face. Les deux petites têtes blondes stoppèrent leur déglutition de frites. « Maman, c'est le Père-Noël ! », chuchota l'un d'eux. Léon avait l'habitude. Avec son physique imposant, son ventre rond, sa longue barbe blanche et ses petites lunettes rondes, on lui faisait régulièrement la remarque. Surtout en ce mois de décembre, à quelques jours de Noël. Avec son pantalon large marron en velours, sa chemise blanche et ses bretelles à pince, c'est vrai qu'il avait des airs de Père-Noël coupé d'un bucheron. Ça l'amusait, Léon. Il avait la gentillesse et la générosité du Père-Noël. C'était sans doute pour ça d'ailleurs que les clients lui parlaient autant. Il inspirait la confiance.

À vingt heures précises, son plat était comme d'habitude prêt. Aujourd'hui, c'était une soupe de saison avec une noix de crème fraiche comme il aimait. Myriam lui avait servi un verre de rouge. Juste un, parce qu'il prenait le volant. La sécurité, c'était très important pour lui. Il ne plaisantait pas avec ça. Il avait trop vu de tragiques accidents sur les routes à cause de l'alcool. Il avait de la chance, il n'en avait jamais eu. Cela n'empêchait pas qu'il ait quand même peur que ça lui arrive. Pas pour lui, mais pour ses clients. Pas pour des raisons de responsabilité juridique ou autre, mais parce qu'il aimait simplement les gens.

En ce jeudi de décembre, la nuit était glaciale. Léon prenait son service à

21h30. Il travaillait de nuit depuis toujours. Les courses de jour, ça ne l'intéressait pas. Il y avait trop de circulation, les gens étaient irascibles et renfermés. À l'inverse, la nuit avait quelque chose de beau, de mystérieux, de captivant, voire presque poétique. Une angoissante et palpitante poésie. La circulation était fluide jusqu'à ce que les routes soient quasi désertiques à mesure que l'heure passait. Les lumières de la ville de Bordeaux, le reflet de la lune, les phares blancs et rouges des voitures, des moteurs à deux roues et celles des courageux cyclistes se mêlaient à la beauté du paysage urbain. Les sans-abris, les fêtards, les drogués et les prostitués prenaient le premier plan. Un autre portrait de Bordeaux. Différent du jour.

Les gens parlaient facilement la nuit. Léon avait toujours trouvé ça étrange, l'effet qu'avait la nuit. C'était pendant cet intervalle où la lumière du soleil était complètement occultée par le globe terrestre que les discussions étaient les plus authentiques, où l'on se laissait aller à quelques confidences. Il ne s'était jamais lassé d'écouter ses clients. Quel serait le prochain ? Qui allait-il rencontrer ? Ils avaient tous une histoire singulière à raconter. Des vies différentes. Des problèmes différents. C'était ça pour lui, la beauté de son métier.

— 2—
Karine

« Non. Je n'attendrai pas que ça nous pète à la figure. Il est hors de question que le marché sud-américain nous passe sous le nez à cause d'un minable différend avec Charles.... ».

Karine était pendue à son portable ; comme une extension de son bras gauche. Perchée sur des escarpins hauts noirs avec un long cardigan beige, des gants en cuir noir et un bonnet bleu foncé sur sa tête, elle faisait très professionnelle. En même temps, elle était bien une entrepreneure très professionnelle.

Léon déposa sa valise dans le coffre. Sa cliente ne jugea pas utile de stopper sa conversation et salua à peine son chauffeur d'un furtif signe de la main en signifiant un simple « A l'aéroport ». Elle prit place à l'arrière de la voiture tout en continuant à parler ou plutôt à grogner sur son interlocuteur.

« … Débrouille-toi comme tu veux. Invite-le au restaurant, promets-lui n'importe quoi pour qu'il ne nous lâche pas sur ce coup…. Non, je n'ai pas dit ça…. Je ne vais pas le laisser foutre en l'air ce que j'ai construit juste pour une histoire de cul ! Bon, je te rappelle quand j'arrive à l'aéroport », conclut-elle en regardant du coin de l'œil Léon.

Le téléphone était enfin coupé. Du moins pour le moment. Elle poussa un soupir. Elle enleva ses gants et son bonnet puis glissa sa main dans ses cheveux bruns ondulés pour les recoiffer. Son visage était harmonieux. Ses traits étaient fins et gracieux. Ses yeux en amande verts étaient magnétiques. Son nez n'était ni trop grand ni trop petit. Sa bouche teinte d'un rouge bordeaux était pulpeuse. Le genre de femme qui avait tout pour elle ; belle et intelligente.

Karine était agitée. Elle regardait par la vitre sans vraiment prêter attention aux infrastructures routières qui se succédaient. Elle regardait, juste comme ça. Elle était trop préoccupée par son boulot. Sa nervosité n'échappa pas à Léon, qui à travers son rétroviseur central, la voyait triturer les extrémités de ses doigts avec ses dents. Elle se mit à fouiller dans son sac à main jusqu'à ce qu'elle trouve une petite balle rouge « anti-stress ». Ça avait intrigué Léon. Accoudée sur la portière gauche, elle manipulait sa balle avec sa main de manière énergique. Puis, elle inspira, expira, les yeux fermés. Plusieurs fois.

— Dure journée ? demanda Léon.

Elle sursauta légèrement laissant apparaitre une petite ride d'agacement entre ses deux yeux.

— On peut dire ça.

— Vous avez l'air d'avoir un travail prenant. Que faites-vous ?

— Je suis entrepreneure. J'ai monté une boite il y a deux ans.

— Quel genre de boite ?

— Dans la création de maillots de bain féminin haut de gamme. Tout est fait made in France.

— Et vous partez en voyage d'affaires ?

— Oui, dit-elle en haussant ses sourcils. Je pars en Amérique du Sud. Au Brésil.

— Ça n'a pas l'air de vous enchanter, je me trompe ?

— Si. C'est juste que j'ai une petite tuile à gérer et que ma fille m'a fait une énième crise parce que je ne serai pas là pour le spectacle de Noël.

Karine réalisa que sa réponse était sortie de sa bouche tout naturellement. Elle continua :

— J'ai une très grosse journée demain. Je dois les convaincre de me faire confiance et de passer une grosse commande de nos maillots. C'est quand même le Brésil. Les maillots de bain, c'est presque aussi important que le football. C'est une journée très importante pour la boite. Je ne peux pas me planter.

— Pourquoi est-ce que vous vous planteriez ? Et puis, si ce n'est pas les brésiliens, vos maillots plairont à d'autres, j'en suis sûr.

— Ça a l'air si simple quand je vous entends parler, répondit Karine sur un ton qui signifiait que Léon était loin de savoir de quoi il parlait.

Léon ricana.

— Vous êtes heureuse dans votre travail ?

C'était bien la première fois que quelqu'un lui demandait si elle était heureuse. En général, les gens considéraient que si elle avait monté sa boite et qu'elle était aujourd'hui à la tête d'une petite entreprise française en quête de se développer sur le marché étranger, elle ne pouvait être qu'épanouie dans son travail. Elle avait réussi.

— Euh...oui, je n'ai pas à me plaindre. Ma boite marche très bien. On a un chiffre d'affaires plus que satisfaisant et une perspective de croissance qui rendrait jaloux mes concurrents.

À travers sa longue barbe blanche, Léon plissa les commissures de ses lèvres en remuant sa tête du haut vers le bas.

— Votre entreprise a l'air de bien se porter. Excusez-moi d'insister, mais vous n'avez pas répondu à ma question.

La bouche à peine entrouverte, Karine pivota légèrement sa tête sur la droite. Elle regarda ensuite son chauffeur en laissant échapper un gloussement. Puis, elle baissa ses yeux en direction de ses jambes et répondit sur un ton solennel :

— Ça serait quand même égoïste de ma part de dire que je ne suis pas épanouie. J'ai réussi. J'ai une boite qui marche du tonnerre, un mari patient, une petite fille adorable.

— Et donc parce que vous avez tout, vous n'êtes pas légitime à ressentir de la tristesse ou à vous plaindre ?

— Je n'ai pas dit ça.

— Vous l'insinuez.

Karine ricana sans raison ou peut-être par nervosité. La question de Léon était plus que pertinente. À vrai dire, elle-même ne se l'était jamais posée. *Suis-je vraiment heureuse ?* se questionna-t-elle à quelques heures de l'une de ses plus importantes journées de travail. Elle éluda la question et détourna le sujet.

— On vous a déjà dit que vous ressemblez au Père-Noël ?

— Oui, Madame.

— C'est peut-être vous d'ailleurs, le vrai Père-Noël, continua-t-elle avec ironie en buvant une gorgée d'eau. Ça doit faire plus de cinq ans que je n'ai pas pris le temps de contempler les illuminations de Noël. Avant j'adorais ça, confia-t-elle.

— Pourquoi est-ce que vous ne le faites plus ?

— Vous savez bien. Le travail, tout ça. Je cours après le temps.

Karine attendait un signe de compréhension voire d'approbation de sa part, mais Léon gardait le silence. Un silence qui voulait tout dire, selon elle. Le reflet du rétroviseur central lui renvoyait la réponse qu'elle connaissait déjà. « Le temps, ça se trouve. Si vous le voulez, vous le pouvez ». Pour Karine, tout ça n'était que des conneries. Des phrases toutes faites qui avaient été inventées par les gourous du développement personnel. Elle n'avait pas une minute à elle. Même là dans le taxi, son smartphone n'arrêtait pas de lui envoyer des alertes. Nouveaux mails, nouvelles notifications. Léon ne pouvait pas comprendre. Il était un simple chauffeur de taxi.

— Je sais ce que vous vous dites. Vous pensez que c'est une excuse.
— Pas du tout. Je ne me permettrais pas. Je ne connais pas votre quotidien.

Si vous dites que vous n'avez pas le temps, c'est que ça doit être vrai.

— Vous êtes bien le seul à me croire sur parole, maugréa-t-elle.

— Pourquoi dites-vous cela ?

Elle leva les yeux au ciel.

— La patience de mon mari commence à atteindre ses limites. Ma vie de couple ressemble plus à une relation à distance depuis un an et ma fille, à cette allure, elle me détestera avant même d'entrer au collège. Le problème, c'est que je ne peux pas m'arrêter là. J'ai sacrifié trop d'énergie et de temps dans cette boite. Et puis, je ne suis peut-être pas aussi présente, mais il le savait. Je ne lui ai pas fait de coup à l'envers. Est-ce que mon mari pense un peu à ce que moi je peux ressentir ? Je suis en stress permanent. Je ne devrais pas avoir à choisir, se justifia Karine en se redressant de son siège. Pourquoi les femmes ont-elles autant de pression ? On n'attend pas d'un homme qu'il soit parfait dans tous les domaines. Son travail, sa vie de famille. Et moi, sous prétexte que je suis une femme, je devrais culpabiliser d'avoir des ambitions professionnelles ?

Karine recula au fond du siège avant de reprendre :

— Excusez-moi, je suis en train de vous embêter avec mes états d'âme. D'ailleurs, je ne sais même pas pourquoi je me suis mise à confesser tout cela à un parfait inconnu. Sans vouloir vous offenser, ajouta-t-elle en agitant sa main.

— Ne vous excusez pas. Vous savez, je crois que la vraie question que vous devriez vous poser est : est-ce que je veux de cette vie-là ?

Vingt minutes à échanger avec le chauffeur de taxi et Karine était en proie à une réelle remise en question. Léon avait touché avec délicatesse et impartialité là où ça faisait mal. Voulait-elle vraiment manquer les spectacles de fin d'année de sa fille ? Finir avec un AVC à même pas quarante ans ? Devenir une femme trompée ? Partout, elle entendait les risques sur la santé et sur l'équilibre vie professionnelle/vie personnelle. Les médias, sa mère, ses amis. Mais ce n'était pas une fatalité. Sa boite était son deuxième bébé. Elle ne désirait pas la laisser tomber et recruter un directeur trouvé sur LinkedIn pour la gérer. Elle était l'âme de cette boite. C'était injuste.

— Votre avion décolle à quelle heure ?

— Dans deux heures.

Léon prit la sortie 9 de la rocade.

— Où allez-vous ? Ce n'est pas la sortie de l'aéroport.

Sept minutes plus tard, ils étaient devant l'une des maisons les plus décorées de Mérignac. Le propriétaire était un passionné de Noël. Il mettait trois mois pour décorer l'extérieur de sa maison. Elle semblait tout droit sortie d'une comédie américaine. Du rouge, du bleu, du jaune, du vert. Les guirlandes lumineuses habillaient le toit, la façade de la maison et les quelques végétaux fraichement dénudés par l'hiver. Un Père-Noël automate avec son traineau placé sur le balcon du premier étage. Même un train électronique tournoyait autour du sapin joliment décoré d'or et de rouge. Le ton était donné. L'espace d'un court instant, Karine avait oublié la femme entrepreneure qu'elle était. Elle regardait avec des yeux émerveillés la féérie de Noël.

—3—
Jean-Baptiste

En montant dans son taxi, Léon sentit les effluves du parfum Terre d'Hermès s'emparer de l'habitacle. Jean-Baptiste avait eu la main lourde en se parfumant. Léon éternua.

— Vous êtes enrhumé, en déduit son client. En même temps, ce n'est pas étonnant avec ce temps.

Léon acquiesça pour ne pas le froisser.

— C'est à cause du temps, oui.

C'était toujours mieux de cocoter le parfum plutôt que d'empester la transpiration ou toute autre odeur corporelle désagréable que Léon avait coutume de subir.

— Du Charles Aznavour, j'adore. Quel homme. Un artiste comme on n'en voit plus.

— C'est bien vrai, confirma Léon.

Jean-Baptiste portait un long manteau gris ouvert, laissant entrevoir une chemise blanche légèrement cintrée avec un pantalon noir. Ses cheveux châtains étaient coiffés sur le côté et sa barbe était parfaitement taillée. C'était un homme distingué. Il n'était certes pas le plus beau avec sa petite taille, mais il dégageait une prestance incontestable.

— Vous êtes élégant. Vous sortez ce soir ?

Jean-Baptiste caressa sa barbe avec sa main gauche. Une somptueuse montre en cuir marron avec un cadran en verre saphir sublimait son poignet viril. Il sourit.

— Merci pour le compliment. Oui, je sors en effet. J'emmène une amie diner.

— Et bien, ça doit être une amie à qui vous espérez faire bonne impression, dit Léon sur un ton neutre.

— On peut dire ça. On ne s'est pas vu depuis deux mois, répondit Jean-Baptiste en touchant encore sa barbe comme s'il était en pleine réflexion.

La pointe de nervosité qu'il percevait chez son client remémora à Léon son premier rendez-vous avec Blanche. Lui aussi était stressé. Bien plus que lui. Il était comme un gamin de dix ans qui perdait tous ses moyens devant la fille de ses rêves.

« Ça va bien se passer », le rassura Léon. Jean-Baptiste savait que ça allait bien se passer. Il n'avait aucun doute. C'était justement pour ça qu'il était aussi nerveux.

Léon quitta le cours de Boutaut pour rattraper le cours du Médoc. L'iPhone 6 de Jean-Baptiste vibra. En voyant son nom s'afficher sur son écran, il hésita à répondre. Il n'avait pas très envie de lui parler. Encore moins dans le taxi. Il lui avait pourtant envoyé un SMS. Les négociations avec les investisseurs s'étaient poursuivies par un tour au bar de l'hôtel et il n'avait pas eu le temps de lui passer un petit coup de fil. C'était la deuxième fois qu'elle l'appelait. Si elle insistait, c'était peut-être urgent.

« Salut chérie…il y a un problème ? … »

Jean-Baptiste essayait d'être le plus discret possible pour que Léon n'entende pas sa conversation. Mais il savait bien que c'était peine perdue. Il était dans un taxi, à quelques centimètres de son chauffeur. Il jetait des regards furtifs à Léon comme s'il attendait de lire la sentence dans ses yeux : « Coupable d'adultère ».

« …Non, je suis dans le taxi. On va sortir manger en ville tous ensemble…. j'arriverai demain vers dix-huit heures. Je dois te laisser, tu embrasseras les enfants pour moi ».

À l'avant du taxi, Léon préféra ne pas regarder son client à travers son rétroviseur. À dire vrai, il aurait préféré ne pas avoir posé de questions tout court. Ce n'était pourtant pas le premier qu'il conduisait rejoindre sa maitresse. Il devrait donc savoir qu'il est plus judicieux de ne pas jouer les curieux.

Ils étaient maintenant tous les deux gênés. Jean-Baptiste racla sa gorge, se repositionna au fond de la banquette et recommença à toucher sa barbe avec plus de puissance, le regard tourné vers la fenêtre. À cet instant, il avait bien envie de s'enfoncer dans son siège ou sortir du taxi au prochain feu rouge. Il l'aurait sûrement fait s'il ne faisait pas aussi froid.

Le silence qui s'installa dans la Victoria était lourd. Heureusement qu'il y avait Charles Aznavour et ses joyeuses « emmerdes » pour le combler. Il restait une dizaine de minutes de route avant d'arriver chez Chloé, sa maitresse. Sans compter le trajet pour se rendre au restaurant. C'était long et c'était surtout la première fois que Jean-Baptiste se trouvait dans une situation aussi incommodante.

—Vous devez penser que je ne suis qu'un mari infidèle sans le moindre courage, s'extirpa-t-il du silence. Eh bien, vous avez raison. Vous savez, j'aime ma femme, se justifia-t-il, comme si Léon était tout à coup devenu juge des mœurs. Ça fait dix ans qu'on est ensemble. Au bout de dix ans, ce n'est plus pareil. Ce n'est plus aussi bien. On perd cette petite flamme. La routine, les enfants. Les disputes. L'attirance physique disparait. Vous voyez probablement ce que je veux dire. Vous êtes marié ?

— Je l'ai été.

— Donc vous avez divorcé ?

— Ma femme est décédée.

— Je suis désolé, s'excusa Jean-Baptiste, confus. Vous avez connu des hauts et des bas, j'imagine ?

Il essayait de se rassurer pour se déculpabiliser.

— Comme tout le monde bien sûr.

— Vous avez déjà été attiré par une autre femme ?

— J'ai déjà trouvé d'autres femmes jolies, évidemment. Mais je n'ai jamais eu envie de tromper ma femme.

C'était raté pour Jean-Baptiste. Léon répondait en toute honnêteté et neutralité. Il ne prenait pas un air critique à l'égard de son client, ce qui accentuait d'autant plus le sentiment de culpabilité qu'il éprouvait.

— Cette femme avec qui vous allez diner, vous l'aimez aussi ? Vous n'êtes pas obligé de me répondre, ajouta Léon.
Jean-Baptiste soupira.
— Non. Je n'ai pas de sentiment amoureux pour elle. Elle est juste plus jeune, plus dynamique, plus séduisante. Elle est plus sexy. Elle me donne du plaisir.
— Elle sait que vous êtes marié avec des enfants ?
— Elle le sait. Je ne cherche pas à lui mentir ou à lui faire espérer des choses. Elle aussi est en couple. Elle n'est pas mariée, mais bon, elle est tout de même engagée.

Il se tut quelques secondes et reprit :
—Quand j'ai épousé ma femme, je ne pensais pas que j'en arriverais là un jour. À la tromper au cours de mes

déplacements professionnels. Je ne l'avais jamais trompée auparavant. C'est peut-être excessif de dire cela, mais ça m'est tombé dessus. J'ai rencontré Chloé à un séminaire.

— Qu'allez-vous faire ?

— Vous voulez dire si je vais continuer à avoir une relation extra-conjugale ?

— Oui.

— Je ne suis pas fier de ce que je fais. Mais je ne veux pas arrêter pour autant.

— Vous n'avez pas peur de perdre le contrôle ? Que votre femme le découvre ou que votre maitresse exige plus ?

Soudain, Léon donna un violent coup de frein. « Putain » éructa-t-il en pinçant ses lèvres et en crispant sa mâchoire. Un cycliste lui avait coupé la route sans même lui prêter la moindre attention au niveau du Cours du Verdun près du Jardin Public. On critiquait les taxis, mais les cyclistes se donnaient le droit de ne pas respecter le Code de la route. Comme si la route leur appartenait. « Laissez passer, moi, je circule écolo. J'ai donc la priorité ! ».

— Excusez-moi. Vous disiez ?

— Je disais que oui, j'ai peur que ma femme le découvre et qu'elle décide de me mettre à la porte. Ça fait plusieurs fois que je vois Chloé lors de mes déplacements. Au début quand je rentrais chez moi, j'avais du mal à me regarder dans le miroir et même à regarder ma femme sans ressentir de la honte. Puis à force, j'ai appris à faire avec. Je me dis que cette histoire avec Chloé finira par se terminer.

Jean-Baptiste jouait avec le feu, il le savait. L'excitation que lui procurait l'interdit était plus forte que la culpabilité de faillir à son devoir de fidélité.

— Est-ce que l'engagement de fidélité est plus important que les autres ? Je prends soin de ma femme et de ma famille, je l'épaule. Un couple devrait donc s'effondrer parce que l'un des deux a trompé l'autre ?

— Peut-être que votre femme vous pardonnerait votre écart de conduite.

— Je ne crois pas. On fait tout un plat d'une relation purement sexuelle. Ce n'est pourtant que du sexe. Vous croyez que c'est quoi le plus condamnable : une aventure purement sexuelle ou bien aimer une autre personne que son conjoint sans pour autant avoir un rapport sexuel ?

Jean-Baptiste n'attendait pas de réponse de Léon et continua :

—Je crois que la frontière de la tromperie est mince entre les deux. Et je pense que je préfère que ma femme couche avec un autre homme juste pour une histoire de cul plutôt qu'elle en aime un autre.

— Dans les deux cas, c'est moche. En revanche, l'amour est un sentiment que l'on ne contrôle pas.

Ils étaient arrivés devant la résidence de Chloé. Une grande femme brune et pimpante monta aux côtés de Jean-Baptiste.

Chloé avait mis du temps à se faire belle. À se faire belle pour lui. Même s'il faisait froid, elle avait mis des bas porte-jarretelles noirs sous sa robe rouge, pour lui. Elle l'embrassa avec fougue.

« A la place de la Bourse », s'il vous plait.

En regardant son amant, Chloé avait les yeux qui scintillaient. Le sourire jusqu'aux oreilles, elle ne décrochait pas ses mains des siennes. C'était même trop. Presque pathétique son attitude de collégienne qui ne pouvait pas se retenir de le toucher ou de l'embrasser. Elle le désirait. C'était peut-être ça qu'il cherchait chez elle. Qu'elle le regarde avec autant d'envie.

Jean-Baptiste était encore tourmenté de son échange avec Léon. Il repoussa timidement l'excès d'affection de sa maîtresse. Pas ici, pas dans ce taxi.

—4—
Tobias

Le traditionnel marché de Noël ouvrira ses portes le lendemain sur la place Tourny. La mélodie du carrousel de Monsieur Caramel à l'entrée du marché qui berce les enfants émerveillés et légèrement craintifs une fois assis sur les chevaux de bois qui virevoltent ; les odeurs grasses et chaudes qui se mêlent à la douceur des couleurs des luminaires de Noël ; le tout entouré des somptueux bâtiments aux façades en pierre blanche. Depuis qu'il avait emménagé dans la région, Léon ne s'y était jamais baladé. Pourtant, il aimait l'ambiance magique de Noël. Mais à quoi bon y aller s'il n'avait personne avec qui partager ce moment ? Flâner le long des petites cabanes alignées les unes à côté des autres et exposant toutes sortes d'articles — des vêtements en laine ou fausse fourrure, des sentons ou des produits du terroir —, perdait de son intérêt. Il n'avait plus personne à qui faire plaisir. Il y avait bien Myriam, mais ils n'avaient jamais franchi l'étape de s'offrir un cadeau pour Noël.

Aussi, la foule l'oppressait. Alors, il avait trouvé comme solution de faire chaque année le tour de la place Tourny dans sa Victoria. Il roulait au pas. Parfois, il était bloqué dans les bouchons au milieu des automobilistes qui cherchaient une place et ceux qui sortaient du parking sous-terrain. Il observait ces couples, ces familles, ces bandes de copains et ces commerçants avec leurs bonnets rouges sur la tête déguster un bon vin chaud ou circuler dans les allées et faire leurs petites affaires.

« J'y passerai demain », se dit Léon. Il s'apprêtait à quitter la place Tourny pour rejoindre le cours Georges Clemenceau en direction de Gambetta, quand un homme d'environ quarante ans monta dans son taxi.

Tobias était tout vêtu de noir. Léon ne savait pas s'il lui apparaissait sombre de l'intérieur ou de l'extérieur. Il restait sur ses gardes.

— Bonsoir, le salua Tobias dans un accent des pays de l'Est. Merci de me laisser monter. J'ai croisé deux autres taxis, mais ils ont refusé.

Léon continua de l'observer avec prudence. Tobias avait le côté droit de son visage brûlé.

— Bonsoir Monsieur. Où allez-vous ?

— Je suis désolé, je ne parle pas bien français, s'excusa-t-il dans une langue française pourtant tout à fait correcte.

Il sortit son téléphone et préféra montrer l'adresse à Léon pour être certain de ne pas se tromper. Il avait les mains rugueuses et abimées.

— C'est la première fois depuis que je suis ici que je me promène dans la ville. C'est très beau.

— Vous venez d'arriver ?

— Non. Je vis ici depuis plus d'un an. Je viens de Roumanie. Je suis venu en France pour travailler. Dans la construction d'immeubles.

Tobias avait quitté son pays natal pour fuir l'instabilité politique et la corruption qui régnaient sur la Roumanie depuis l'arrivée au pouvoir du Parti social-démocrate, en décembre 2016.

— Votre pays ne vous manque pas trop ?

Tobias sourit.

— Non, pas trop. C'est surtout ma famille qui me manque. Mes parents, ma femme et mes deux enfants qui sont encore là-bas. Je travaille beaucoup ici.

Léon n'était peut-être pas le plus cultivé et le plus curieux, mais il connaissait les conditions dans lesquelles certaines boites du BTP faisaient travailler les étrangers venus de l'Est. Entre travail non déclaré, non-respect des temps de repos, manque de sécurité et heures non payées, l'exploitation de ces pauvres étrangers n'était plus à démontrer. Tobias n'était pas révolté. Ni par l'esclavagisme moderne dont il était victime ni par l'attitude détestable dont faisaient manifestement preuve les chauffeurs de taxi et probablement une majorité de français, qui voyait en Tobias qu'un étranger de plus venu leur voler leur emploi et profiter des aides sociales.

— Vous travaillez tous les jours ? le questionna Léon, curieux.

— Oui, presque tous les jours. On travaille du matin au soir jusqu'à dix heures du soir parfois. C'est l'une des rares fois où je m'autorise à découvrir cette ville.

Pas étonnant que les constructions poussent comme des petits pains. Ils peuvent construire vite comme ça.

Tobias poursuivit :

— Je suis vraiment très content d'être ici. Si tout se passe bien, je vais pouvoir faire venir ma famille l'année prochaine.

— Dans un an ?!

— Oui. Un an, ce n'est rien. Dans mon travail, il y a des personnes qui n'ont pas vu leur famille depuis cinq ans.

Même s'il était à l'arrière, quand il parlait, Tobias ne regardait pas par la vitre comme le faisaient bon nombre de clients.

— Vous n'avez pas de vacances pour aller les voir ?

— Des vacances ?! Non. On est ici pour travailler. On veut travailler le plus possible pour pouvoir avoir suffisamment d'argent et faire venir notre famille.

— Vous vivez donc à Lormont ?

— Oui. Je partage un petit appartement avec deux collègues de travail.

Petit appartement, voulait dire studio. Ils étaient les uns sur les autres dans un studio humide et désuet ; certainement pas aux normes. C'était un particulier qui leur louait de manière illégale. Ce dernier savait bien qu'il n'y avait que des immigrés voulant fuir leur pays pour accepter de vivre dans cet appartement miteux.

« En tout cas, je trouve que vous parlez très bien français », le félicita Léon.

À travers le rétroviseur et de manière fortuite, le regard de Léon plongea dans celui de son client. Juste une fraction de seconde. C'était gênant quand cela arrivait, les yeux dans les yeux. C'était d'ailleurs étrange cette sensation de gêne qui s'installait quand les regards de deux inconnus se croisaient. Comme si l'on pouvait percer la profondeur de l'âme et démasquer l'autre. Une transgression de l'intimité. Tobias ne semblait pas embarrassé. Dans son regard transparaissait la bienveillance, la sérénité.

— Je parle anglais et allemand aussi.

Les deux mains posées sur le volant, Léon haussa ses sourcils pour marquer son admiration. Lui, il ne savait que parler français.

— Où avez-vous appris toutes ces langues ?

— À l'université. Je suis allé en Allemagne aussi pour mes études.

— Qu'avez-vous étudié ?

— L'informatique. Je suis ingénieur informatique.

Ingénieur informatique et il était maintenant ouvrier pour une compagnie qui l'exploitait ? s'indigna intérieurement Léon.

— Je ne comprends pas. Pourquoi ne travaillez-vous pas en tant qu'ingénieur ?

— C'est ce que je compte faire. Je suis venu en France pour donner un meilleur avenir à mes enfants. J'ai cherché un travail d'ingénieur, mais je ne trouvais pas et il était urgent que je quitte mon pays au plus vite pour pouvoir faire venir ma famille rapidement. En attendant, je prends ce qui vient. J'ai de l'expérience dans le bâtiment et l'on m'a donné l'opportunité de venir travailler en France.

Sa vie en Roumanie était inquiétante, mais sa vie en France était loin d'être paisible.

Tobias avait les paumes de ses mains posées sur ses cuisses. Bien droit contre son siège, il contemplait la zone industrielle de Lissandre défiler sous ses yeux. Il pensait à sa famille. Il était détendu.   Tellement   détendu. Profondément détendu.

Léon baissa le volume de la radio pour apprécier cette douce et élégante quiétude que Tobias avait amenée en montant dans son taxi. La voix à peine perceptible de Charles Aznavour et le bruit du moteur berçaient la course. Les lumières des lampadaires publics et de quelques phares passant sur les routes de Cenon réfléchissaient sur le visage de Tobias en faisant saillir sa peau rosée et déformée par sa profonde brûlure. Léon ne connaitrait jamais l'histoire de cette brûlure. Il avait senti une brève inquiétude en le voyant monter dans son taxi. C'est vrai qu'avec son visage brûlé, il faisait un peu peur Tobias. Et finalement, le parcours de ce Roumain suscitait l'admiration. Léon était bluffé par tant de force et de courage. Il transpirait l'humanité. Tobias venait de lui rappeler une belle leçon de vie : ne pas s'arrêter sur des aprioris.

—5—

Charlotte et Marissa

— Combien prenez-vous pour aller rue d'Austerlitz à Caudéran ? demanda Charlotte sans même saluer Léon.

Charlotte, elle s'en fichait des bonnes manières. Elle avait quand même soixante-treize ans. Elle estimait que son grand âge l'autorisait à se dispenser d'être aimable. « Le privilège et le respect des ainés », comme elle disait.

— Ça vous fera entre vingt et trente euros.

— Allez, vient ma petite colombienne.

Oui, c'est bien ce que j'ai entendu, constata Léon. Elle avait bien osé appeler « ma petite colombienne » la femme qui l'accompagnait.

Le dos courbé, appuyée sur sa canne et aidée par sa *petite colombienne*, Charlotte monta dans le taxi. Les cheveux ramassés en un élégant chignon caché par un petit bonnet en forme de béret, elle était coquette.

« Dépêche-toi de monter, il fait froid », ordonna-t-elle. Elle s'exécuta sans dire mot sous le regard outré et gêné de Léon. Marissa, sa *petite colombienne*, était une femme d'une quarantaine d'années. Les formes généreuses et une tenue nettement plus *chip* contrastaient avec la silhouette filiforme et chic de Charlotte. A la manière dont elle s'adressait à Marissa, Léon devina la relation qu'entretenaient ces deux femmes. Marissa était l'auxiliaire de vie de Charlotte.

— Vous étiez au théâtre ? demanda Léon, qui l'avait déduit en les récupérant à proximité de l'horloge-lampadaire aux quatre faces de la place de la Comédie.

La question était posée à son auxiliaire de vie, mais Charlotte répondit naturellement à sa place de manière effrontée :

— De l'opéra, cher Monsieur.

— Qu'avez-vous vu ?

— Un ballet.

— Cela vous a plus ?

Charlotte ricana sur un ton narquois.

— Certainement pas. Cette représentation était la plus détestable que j'ai vue. J'aurais mieux fait de rester à la maison et continuer mes mots fléchés. J'aurais aussi économisé deux courses de taxi.

Marissa s'extirpa du silence :

— Ne soyez pas comme ça. C'est un cadeau de votre fils. Je trouve son geste très généreux.

— Généreux ?! C'est faux, maugréa Charlotte. Il ne m'a même pas accompagné. Il a fallu que ce soit toi qui viennes avec moi.

Mais quelle ingrate, cria dans sa tête Léon.

— Et vous, vous avez aimé ? insista Léon en regardant Marissa.
— Oh oui, beaucoup. C'est la première fois que je vais à l'opéra. J'ai trouvé ça magique.
— C'est parce que tu n'as pas de culture. Un rien vous satisfait, vous les colombiens, ajouta Charlotte en roulant des yeux.

Léon sentait ses nerfs monter. Il ne supportait pas ce genre de comportement dans son taxi. Ça le rendait fou. Ses mains serraient de plus en plus fort le volant. Son pied droit appuyé sur la pédale de l'accélérateur était plus lourd. Sa respiration s'accélérait. Il serrait les dents pour s'empêcher de dire à voix haute le fin fond de sa pensée. Comment son auxiliaire de vie pouvait-elle se laisser traiter de la sorte ?

Marissa restait très calme. Elle n'était pas énervée. Elle avait l'habitude d'être malmenée. Si ce n'était pas par une vieille bourgeoise des beaux quartiers, c'était par son mari. Les remarques racistes et dénigrantes, ce n'était pas grand-chose. Charlotte n'était pas si infecte qu'elle en avait l'air. Elle avait de bons côtés et même si elle ne le montrait pas, elle était attachée à sa *petite colombienne*. Surtout, Charlotte lui permettait d'avoir de quoi nourrir son petit garçon et rien que pour cela, elle lui était reconnaissante.

En rejoignant les boulevards par la cité du Grand Parc – quartier à dominante HLM –, Charlotte pestait encore.

« Pfff de la racaille, dit-elle avec mépris en observant d'un œil en coin la démarche affirmée et intimidante de trois jeunes hommes maghrébins, clope à la bouche. Si je le pouvais, je les renverrais dans leur pays avec un coup de pied aux fesses. Et ces réfugiés qui salissent le décor en mendiant sur nos carrefours. On n'est même plus chez nous, ici ».

C'était au tour de Marissa d'être embarrassée. Elle se replaça au fond de son siège en s'aidant de l'accoudoir de la portière arrière droite. Elle regarda son chauffeur d'un air désolé.

Léon mourrait d'envie de rétorquer. À cet instant, il n'avait que faire des bonnes manières. Lui qui était tolérant et ouvert d'esprit, c'était trop. Après tout, c'était lui qui commandait à bord de sa

Victoria. Il avait envie de la laisser là, sur les boulevards, à côté des SDF n'ayant pas eu la chance de trouver une place au chaud. Juste pour qu'elle voie ce que ça faisait. Au lieu de ça, son bon sens le fit choisir une option plus diplomate, le dialogue.

— Vous ne savez rien de la vie de ces gens. Vous n'avez aucune idée de leur parcours de vie. Ce soir, j'ai conduit un Roumain. Il a été contraint de fuir son pays. Il se retrouve aujourd'hui à être l'esclave d'une boite de BTP et économise le moindre sou pour faire venir sa famille en France et leur assurer un avenir meilleur. Vous croyez que ça l'enchante d'être ici ? Il n'est pas là par choix.

Marissa était toute autant enthousiaste qu'inquiète de la soudaine révolte de Léon. C'était rare que quelqu'un tienne tête à Charlotte. Quand ça arrivait, le plaisir de la voir décontenancée était jouissif. Mais elle savait qu'elle récolterait ensuite la foudre de Charlotte.

Léon continua :

— Peut-être avez-vous eu la chance de naitre en France dans une famille aisée. Si vous aviez eu leur vie, sans doute que vous seriez plus indulgente et compréhensive.

— Mais dis donc, je ne vous permets pas de me parler sur ce ton Monsieur, répondit Charlotte en réhaussant son petit port de tête tout ridé et en cherchant du regard sa *petite colombienne*. Mon père était un pied-noir, je vous signale.

— Je ne vois pas bien le rapport.

Charlotte gloussa des « Non, mais... » « Bah... », toujours en étant dressée comme une oie et avec de grands yeux écarquillés.

— Vous savez quel âge j'ai, Monsieur ? J'ai soixante-douze ans, justifia-t-elle pour forcer le respect de son chauffeur.

— Le respect n'a pas d'âge, Madame. Cela ne vous donne pas tous les droits.

Ce n'était pourtant pas ce que lui avait dit son grand-père et son père. Elle s'en souvenait très bien. Jamais, au grand jamais, ils ne lui auraient menti.

— C'est vous qui ne respectez pas la mémoire de mon père en disant cela.

C'était donc ça. Le nerf de la guerre. Une histoire d'éducation. Évidemment. C'était toujours ou presque toujours une histoire d'éducation. Ce qui faisait ce qu'ils devenaient dépendait en grande partie de l'éducation que leur avaient donnée leurs parents.

— Maria, appelle avec mon téléphone un autre taxi, se vexa Charlotte. J'aime mieux donner mon argent à un chauffeur qui aura un tant soit peu de respect pour ses aînés. Arrêtez-vous là, somma-t-elle en tenant de ses deux mains la poignée de la porte arrière gauche.

— Enfin, on est bientôt arrivé. On ne va pas changer de taxi, tenta de la raisonner Marissa.

— Maria, fais ce que je te dis.

— C'est Marissa et non pas Maria.

— Marissa, Maria, c'est la même chose, se justifia-t-elle avec dédain.

Léon regardait la scène, incrédule. Puis, il bloqua l'ouverture des portières.

« Vous n'allez pas sortir au risque de prendre froid. C'est stupide. Vous devriez plus souvent écouter votre auxiliaire de vie et la traiter avec respect. Nous arrivons dans même pas cinq minutes. Vous ne voulez pas me payer la course ? Pas de problème », dit-il sur un ton affirmatif.

Il était comme ça Léon. Il prenait sur lui.

La vieille dame bouda comme une enfant le reste du trajet. Marissa, elle, priait en silence que Charlotte la laisse passer une bonne nuit de sommeil. Elle avait vraiment besoin de dormir.

—6—
Arnaud

Saint Michel et les Capucins. Son marché, ses commerçants, ses riverains, ses senteurs culinaires. Et puis ses incivilités, son trafic de drogues, ses déchets et son odeur de pisse.

Pourquoi j'ai voulu jouer le bon samaritain encore une fois, se querella Léon.

À son âge, il n'avait plus de projet. Pas d'investissement immobilier en vue ni de tour du monde. Il n'avait donc pas besoin de beaucoup d'argent. Juste de quoi vivre dans sa petite maisonnette, prendre soin de sa Victoria, manger et garder un peu d'argent de côté en cas de pépin de santé. Rien de démesuré. Rien d'exceptionnel. Il finirait ses jours comme ça. Son métier, c'était sa vie, sa passion. Il ne le faisait pas pour l'argent. Alors parfois, même souvent, il acceptait des courses juste pour rendre service. Faire une bonne action.

Arnaud était couché à l'arrière de la banquette, les bras croisés blottis contre son corps, les genoux remontés contre son ventre. Il transpirait à grosses gouttes. Il gémissait de douleurs. Il souffrait. Il était en manque. Léon l'avait récupéré dans un sale état entre les Capucins et Saint Michel. Arnaud s'était jeté sur sa Victoria, le suppliant de l'aider. Il avait manqué de l'écraser.

« Arrêtez-vous, arrêtez-vous, il faut que je vomisse ».

Léon s'arrêta instantanément en double file au niveau du Cours de la

Somme, près du quartier Nansouty. Il ne fallait surtout pas qu'il vomisse dans son taxi. Arnaud ouvrit la portière arrière droite. Il sortit du taxi, en rampant. Il dégurgita de la bille sur le trottoir. Ce n'était pas grave. Les gouttes de pluie qui commençaient à tomber balayeraient tout ça. Demain, des centaines de personnes marcheront sur ce même trottoir. Comme si rien ne s'était passé.

— Est-ce que tout va bien ? demanda Léon, resté à l'intérieur de son véhicule.

— Oui... répondit Arnaud avant d'extirper un autre jet de sa gorge déjà bien irritée.

Dans la seconde qui suivit, Arnaud déboutonna tant bien que mal son pantalon. Quand ce n'était pas par devant, c'était par-derrière. Parfois même les deux en même temps.

C'était la deuxième fois qu'il essayait de se sevrer de l'héroïne. Tout son corps s'enfonçait dans les profondeurs de l'abime. Ça ressemblait donc à ça l'enfer.

— Je suis désolé… Je suis vraiment désolé… s'excusa Arnaud.

— Écoutez, je devrais vous amener aux urgences. Ou bien on pourrait appeler les pompiers. Ils seront quoi faire à l'hôpital, insista une nouvelle fois Léon.

— Non. Ne m'amenez pas là-bas, implora Arnaud. Ils n'en ont rien à foutre des camés comme moi.

— Ils pourront au moins vous mettre sous perfusion pour vous hydrater, persista Léon.

— Non. Une pharmacie de garde, s'il vous plait.

Que devait-il faire ? Aller à la pharmacie pour acheter une seringue et laisser ce pauvre Arnaud retomber une fois de plus dans la drogue ? Maintenant que sa route avait croisé la sienne, il ne pouvait pas le laisser agoniser tout seul dans la rue. Et puis, après tout, il n'était pas un médecin addictologue. C'était son problème s'il replongeait. Alors, autant le soulager maintenant en lui trouvant une seringue.

La pharmacie des capucins était ouverte 24h/24. Elle n'était qu'à quelques mètres. Arnaud était dans l'incapacité de s'y rendre. Il n'arrivait même pas à se lever. Léon lâcha un long soupir en remuant sa tête de gauche à droite. Ça ne l'enchantait franchement pas de se retrouver en plein milieu de la nuit à acheter une seringue pour un toxico. Il regrettait amèrement d'avoir croisé son chemin. D'autant plus, qu'avec les litres de transpiration mélangés à l'odeur de vomi qu'il dégageait, sa Victoria ne sentait plus la lavande. Mais c'était trop tard. Il était maintenant mêlé dans cette galère.

« Vous ne bougez pas de là », ordonna-t-il.

Au bout d'une dizaine de minutes, Léon revint avec le matériel. Arnaud était assis par terre, sous le crachin qui flottait dans l'air, le dos appuyé contre le pneu arrière droit du taxi. Les spasmes musculaires et la fièvre faisaient vibrer son corps. Un filet de bave s'échappait du coin externe de sa bouche. En lui donnant sa précieuse aiguille, son chauffeur fut pris d'un sentiment paradoxal de dégoût et de pitié.

Léon ne voulait pas voir ça. C'était trop pour lui. D'autant plus que les aiguilles, ce n'était pas son truc. Il n'était pas phobique, mais la simple vue d'une aiguille plantée dans la peau d'une personne lui hérissait les poils des bras et lui nouait l'estomac. Il patientait alors dans sa Victoria.

Arnaud sortit de sa poche un bout d'aluminium contenant sa poudre. Il prépara son injection dans cette rue insalubre, à même le sol. Les gouttelettes de pluie cisaillaient ses mains, mais il ne pouvait pas attendre d'être chez lui. Il se pressa de faire un garrot à son bras gauche. Il le tendit, planta l'aiguille dans sa veine et pressa sur le piston de la seringue. Au moment où la drogue s'infiltra dans ses veines, un bien-être instantané se propagea dans tout son corps. Ses muscles se détendirent, ses tremblements cessèrent.

Arnaud se leva d'un bon frénétique. C'était aussi simple. À peine quelques minutes avant, assis sur les crachats et les merdes qui avaient déjà taché ce trottoir des capucins, tout son être hurlait à la mort et maintenant, il était revigoré et euphorique. Comme si c'était une autre personne. Juste en s'injectant directement dans le sang de l'héroïne. Trempé, il s'assit à l'arrière du taxi.

« Je ne vous remercierai jamais assez. Avant de rentrer, on peut faire une halte au McDo le plus proche, s'il vous plait ? Je meurs de faim. Ah et bien évidemment je paierai aussi la course », dit-il en tendant un billet de dix pour la seringue que lui avait acheté Léon.

Léon retira ses warnings, vérifia dans le rétroviseur gauche et l'angle mort qu'il n'y avait personne puis, il enclencha la première.

Arnaud n'avait pas l'allure d'un junkie. Il n'avait pas de longs cheveux gras, des vêtements longs et larges, de piercing au visage. Il ressemblait à monsieur tout le monde. La trentaine sûrement, environ 1m80, plutôt blond, la peau un peu marquée, mais pas de quoi lui coller l'étiquette d'héroïnomane. Il portait un simple jean brut, des baskets aux pieds avec un pull classique et une doudoune. Comme à chaque fois, Léon était curieux. Il ne se retint pas. Il lui avait quand même rendu un gros service.

— Vous êtes accro depuis longtemps ?

— Depuis deux ans, répondit-il en secouant ses jambes à toute vitesse. Je n'étais pas comme ça avant, se justifia-t-il. Je prenais des opiacés au début. Du Tramadol, de la Codéine. C'était après une chute de ski. Je faisais beaucoup de ski. Du ski freestyle, une discipline du ski alpin pour être exact. J'étais plutôt bon. J'étais dans l'équipe de France. J'ai eu la jambe fracturée et les médecins m'ont dit que le freestyle c'était terminé pour moi. J'étais anéanti. Je ne savais pas ce que j'allais faire d'autre. Je me levais pour ça. Au départ, je prenais ces médicaments pour la douleur. Et ensuite, je suis devenu dépendant des opiacés. Ça me faisait planer et j'oubliais que ma vie était fichue. Après, votre corps s'y habitue, alors vous en prenez plus.

— Mais vous aviez besoin d'une ordonnance pour avoir ces médicaments, n'est-ce pas ?

— Oui. C'est facile d'avoir une ordonnance. Il suffit de dire que vous avez toujours mal. On vous en prescrit sans avoir besoin d'insister. Ils ne sont pas mieux, les docteurs. Ce sont des dealers accrédités par la loi, c'est tout. Ils ont des contrats avec les groupes pharmaceutiques. Ils s'en moquent de savoir si vous risquez d'être dépendant. Ils se contentent de vous dire de lire la notice et de faire attention à ne pas trop en prendre. Mais au final, ils vous font une ordonnance à chaque fois. Et quand arrive le moment où vous êtes complètement accro, que vous avez besoin d'une boite toutes les semaines – comme ce qui m'est arrivé –, ils refusent de vous en prescrire parce que vous êtes dépendant. Des connards. C'est comme ça que vous vous retrouvez à consommer de la drogue dure.

Pauvre gars, pensa Léon.

— J'ai vraiment trop la dalle ! s'écria Arnaud au moment où ils se rapprochaient du McDo de la place de la Victoire. Je vais prendre un grand big mac avec frites, mayo, une bouteille d'eau et deux cheeseburgers. Vous voulez quelque chose ?

— Non merci.

Pour Léon, le fast food était tout sauf de la nourriture. Pendant que son client passait commande, il se remémora avec tendresse cet après-midi d'automne de 1984 qu'il avait passé avec sa femme dans le Paris des amoureux. C'était pendant leur escapade que Blanche avait réussi à le convaincre de découvrir ce nouveau concept de restauration rapide McDonald's qui venait de s'implanter il y a peu. La première et la dernière fois qu'il y avait mis les pieds.

— Ça vous dérange si je commence à manger dans votre taxi ?

Léon rechigna puis finit par accepter à demi-mot :

— Juste des frites. Vous mangerez le reste chez vous, dit-il sur un ton autoritaire. Où est-ce que je vous dépose ?

— Rue Barreyre à Bordeaux, s'il vous plait.

De fines gouttes de pluie continuaient à recouvrir le pare-brise de la Victoria. À chaque mouvement d'essuie-glace, la réalité de la vie nocturne apparaissait avec plus de clarté. Au milieu de cette place de la Victoire, le côté sombre avec la pauvreté, les prostitués et la drogue s'accordait avec le côté fêtard et joyeux d'une jeunesse venue décompresser et s'amuser. Quelques toxicos vagabondaient dans les rues alentour. Des sans-abris s'appropriaient un coin de trottoir pour la nuit. Des étudiants se ruaient dans les bars. Dans ce décor, le taxi Victoria roulait. Comme un figurant.

— Vous disiez que vous aviez déjà essayé de vous sevrer ?

— J'ai essayé plusieurs fois. J'y étais presque arrivé là. Et puis, ça devient de plus en plus difficile de trouver de l'héroïne ici. Vous n'imaginez pas l'intensité de la douleur qu'on ressent. Tout votre corps, vos organes, vos membres, vos muscles, votre tête... La prochaine fois sera la bonne, j'en suis sûr, se convint Arnaud. J'ai rencontré une fille. C'est tout frais, on sort ensemble depuis deux semaines. J'ai même réussi à décrocher un job qui me plait, continua-t-il en dévorant ses frites comme s'il n'avait pas mangé depuis des jours.

— Vous travaillez dans quel secteur ?

— J'ai fait plein de petits boulots alimentaires. Et là, je viens d'être embauché en tant que vendeur conseiller dans un magasin de matériels de glisse.

— Félicitations. C'est le bon moment pour définitivement décrocher. Vous avez de la famille, des amis pour vous épauler ?

— Je ne parle plus à mes parents depuis plus d'un an. Mes amis, je les ai rencontrés grâce au freestyle. Maintenant que je suis hors circuit et que je suis rentré à Bordeaux, je ne vois plus personne. Je suis tout seul maintenant, conclut Arnaud en levant les épaules pour marquer la fatalité de la situation.

—7—
Julia

Julia contenait ses larmes. Elle avait prononcé un timide et fébrile « bonsoir » en montant dans le taxi avant de finalement se mettre à pleurer le plus discrètement possible. Léon l'entendait renifler. Son corps semblait lourd à porter. Elle était affalée dans le siège arrière passager droit. Elle avait sa petite tête baissée. Il n'arrivait pas à voir son visage. Il était caché derrière ses longs cheveux crépus et l'obscurité de la nuit.

— Vous avez passé une mauvaise soirée ?

— On peut dire ça, oui, dit-elle sans redresser sa tête.

— Que vous est-il arrivé, si ce n'est pas indiscret ?

Ses reniflements étaient de plus en plus importants. Elle essayait de retenir ses larmes de saturation. Léon attrapa un paquet de mouchoirs qu'il lui tendit.

— Rien d'important. Ce n'est rien. Je dois juste être fatiguée. Oui, c'est ça, je dois juste être fatiguée.

Elle prit une profonde inspiration et expira. Léon plissa ses petits yeux derrière ses lunettes rondes pour mieux trouver le regard de sa cliente.

— Il y a des moments comme ça où l'on craque. C'est souvent en fin d'année d'ailleurs. Le mois de décembre est un mois compliqué.

Julia grimaça tout en laissant échapper un petit rire moqueur. Pour elle, les saisons n'avaient rien à voir avec son sentiment de ras-le-bol. Il était là depuis un moment. Un long moment. Il avait pris possession d'elle. Une fatigue physique et psychologique. L'épuisement. Mais elle ne le montrait pas à ses amis, à ses collègues de travail ou à sa famille. Non, Julia était une jeune femme forte, une jeune femme pleine d'entrain, une jeune femme optimiste, une jeune femme heureuse. C'était ce que son entourage pensait d'elle. Mais la vérité était toute autre. Elle était faible, démoralisée, épuisée et triste. Elle en avait plus qu'assez de devoir assurer sur tous les fronts.

Bientôt, ça serait le burn-out ou la dépression.

— Je vous envie. Dans votre taxi, vous semblez si tranquille. Personne ne vient vous embêter. Vous êtes libre.

— Ce n'est pas rose tous les jours, mais je me sens bien, oui. Vous ne vous sentez pas libre ?

Là, dans ce taxi, Julia n'avait pas envie de faire semblant.

— Non, pas vraiment. C'est difficile de jouer la comédie. D'endosser son rôle de nana dynamique, d'amie toujours enjouée et rigolote, de super collègue de travail. Garder toujours le sourire. Rire aux blagues les plus débiles. S'intéresser aux mini problèmes des autres. Rendre service. Faire toujours mieux. Travailler toujours plus.

— Pourquoi jouez-vous cette comédie ?

— Parce que je suis obligée. Dehors, c'est la jungle. On vit dans une société exigeante qui prône les extravertis. Et ça, quel que soit le cercle dans lequel vous évoluez. Dans la famille, si vous ne parlez pas, vos proches pensent que vous faites la gueule ou que vous êtes malade. « Beh qu'est-ce que tu as, pourquoi tu ne parles pas ? Tu as l'air éteinte ». Avec vos amis, si vous n'êtes pas un minimum et un gros minimum expressif, démonstratif et énergique, on considère que vous n'êtes pas drôle, pas funky. Et je ne parle pas de l'alcool.

— L'alcool ?

— Je veux dire que si vous ne buvez pas d'alcool en soirée, vous êtes automatiquement catalogué comme ennuyeux ou coincé. Je suis la première à revendiquer l'importance d'affirmer ses positions, mais je suis aussi une hypocrite. Je ne compte plus le nombre de fois où je bois de l'alcool pour faire comme tout le monde, rentrer dans le moule. Pour faire ce qu'on attend de moi. Et pas parce que j'ai tout simplement envie de boire. Pas plus tard que ce soir, d'ailleurs. Je suis allée à ce fichu repas de Noël organisé par ma boite alors que je n'en avais aucune envie. Je ne supporte plus leurs têtes de faux-culs. Il faut être souriant, mais pas trop. Il faut être gentil, mais pas trop. Il faut être ambitieux, mais pas trop. Je ne me sens pas à ma place dans cette société.

La jungle. Etait-ce une vérité ? Ou bien Julia faisait-elle de son ressenti une généralité ?

— Quel âge avez-vous ?

— J'ai 29 ans.

— J'ai parfois l'impression que votre génération n'est pas très épanouie…

— Je ne sais pas. Je crois surtout que nous sommes très forts pour faire semblant. Je pense que tout ça, c'est en partie à cause des réseaux sociaux. On se laisse aspirer par ce gouffre. Partager ses moments de joie, exhiber son corps parfait, montrer à quel point notre vie est géniale. Que notre vie est réussie. Mais c'est quoi une vie réussie ? C'est être cadre sup avec un salaire de 2300€ par mois, être en couple, être propriétaire et avoir des enfants ?

— Je ne suis ni cadre sup, je suis loin de gagner 2300€ par mois, je suis veuf, je n'ai pas d'enfants, je ne suis pas non plus propriétaire. Et pourtant, je suis heureux. C'est ça pour moi, avoir réussi sa vie. C'est être heureux.

Julia redressa sa tête et fixa le regard de son chauffeur, sans dire mot.

— Il vous suffit de trouver ce qui vous rend heureuse, continua Léon.

— Vous avez raison. Mais c'est vraiment difficile quand vous êtes influencé et formaté à suivre la voie de la réussite que l'on a décidé pour vous. Si vous ne suivez pas le mouvement, vous êtes marginalisé. Mis de côté. On vous évalue et on vous juge en permanence. Et dans le milieu professionnel, c'est encore pire. Il faut développer son réseau. Avoir le plus de like sur son profil, le plus de contact, le plus de recommandations. On nous évalue partout. Vous vous rendez compte qu'en Chine, les citoyens vont être notés dans leur quotidien d'ici 2020 ? Une note sociale vous vous rendez compte ? insista-t-elle.

L'intonation de la voix de Julia était descendante, austère et lasse. Son discours n'était pas chantant. Pas de notes plus aigües, pas de rythme accéléré qui marquerait sa colère ou son indignation. Non, elle s'exprimait d'un brin résigné.

Léon ne savait pas bien de quoi sa cliente parlait. Les réseaux sociaux, LinkedIn, Uber etc.., il en avait déjà entendu parler, mais il ne s'y était jamais intéressé.

— Vous devez certainement avoir des proches avec qui vous pouvez être vous-même ? Être vraie ? lui demanda Léon.

Elle soupira une nouvelle fois en laissant tomber le poids de ses épaules.

— Non, je ne crois pas.

— Je suis certain que si. Vous voyez les choses toutes noires ce soir, mais demain matin vous verrez, le ciel s'éclaircira.

Il avait raison, Léon. Elle n'était pas du tout encline à regarder la vie d'un œil optimiste ce soir. Elle avait une vie sociale bien remplie, Julia. Pourtant, elle se sentait seule. Cette solitude était-elle bien réelle ? Est-ce qu'elle avait vraiment des amis ? Ceux-là avec qui vous pouvez être naturel, transparent. Faire tomber le masque sans risquer d'être jugé ou d'être laissé sur le bord de la route comme un pauvre autostoppeur « désolé, on n'est pas sur la même route ».

C'était cocasse cette situation. Julia en train de confesser son mal-être à l'arrière d'un taxi. Elle ne s'était jamais livrée avec autant de sincérité. A personne. Ni à sa mère ni à quelqu'un d'autre. Elle préférait se taire. Sans doute accentuait-elle ce sentiment de solitude et de lassitude en se murant dans le silence.

— Dans quoi travaillez-vous ?

— Je suis négociatrice immobilière.

— C'est intéressant, exprima Léon.

— Vous croyez ? Je n'aime pas ce que je fais. Je n'aime pas avoir fait cinq ans d'études juste pour faire plaisir à mes parents. Ma famille me sort par les yeux.

Ces propos étaient durs, intransigeants. Voire même démesurés. Sa nuque s'était même un peu raidie. Léon ressentait la colère de sa cliente.

— Pourquoi dites-vous cela ?

— Je sais qu'ils m'ont tout donné. Mais c'est un fait. Je ne supporte plus l'indifférence de ma mère et je ne supporte plus la négativité de mon beau-père. Ils sont devenus toxiques. Quant à ma sœur, je ne sais plus qui elle est. Je ne me sens pas à ma place avec eux. Je ne me sens pas à ma place avec mes amis. Je ne me sens pas à ma place dans mon travail.

Simplement exprimer à voix haute son ressenti à un parfait inconnu lui fit du bien. Sa cage thoracique était tout à coup moins compressée. Elle ne prenait pas de risque, elle ne reverrait jamais Léon. Jamais.

— Laissez-moi ici, ça ira.
— Mais il pleut. Vous ne voulez pas que je vous dépose devant votre porte ? demanda Léon en torsadant son dos en direction de sa cliente.

— Non merci, je vais marcher un peu, dit-elle en lui tendant un billet.

— Bon très bien. Faites bien attention à vous, recommanda Léon. N'oubliez pas, tout n'est pas si noir. Si vous avez l'impression de ne pas être à votre place, de ne pas savoir qui vous êtes, prenez le temps de le découvrir. Il y a encore de belles surprises.

Julia descendit du taxi en lui répondant par un simple rictus de remerciement. Son regard était mélancolique. Il la regarda quelques instants. Elle marchait de façon nonchalante le long de la rue Emile Zola, sans mettre sa capuche sur sa tête.

—8—
Anne

Il était une heure du matin. La nuit était humide et âpre. L'album de Charles Aznavour repassait pour la énième fois. Il ne s'en lassait pas, Léon. Il remonta les quais de Brazza en direction du pont Chaban-Delmas. Il aimait ce nouveau pont qui reliait les deux rives séparées par la Garonne. La lumière bleu-outremer des pylônes indiquait marée haute. Léon regagna le quartier Bassin à flot en plein essor de la rive gauche. Au bout de la rue Lucien Faure, il bifurqua sur la gauche pour rejoindre les boulevards. Il roulait paisiblement tout en savourant cette petite pause qu'il avait décidé de s'octroyer. Arrêté à un feu-stop sur le boulevard du Président Wilson, il vit une vieille dame qui était postée sur sa droite.

Elle avait les cheveux longs, grisonnants, fins et ternes. On aurait plutôt dit des filaments. Chaque millimètre de son visage était ridé. Elle portait une longue robe de chambre épaisse en laine beige et des chaussons violets. Elle marchait, le regard au sol. Léon se demandait ce qu'elle pouvait bien faire là toute seule à une heure pareille. Ce n'était pas le seul à s'être posé cette question. Les autres automobilistes s'étaient demandé la même chose, mais personne n'avait rien fait. Personne n'avait demandé à cette pauvre vieille dame si tout allait bien. Personne, avant Léon. Il baissa le volume et ouvrit la fenêtre avant droite.

— Bonsoir. Est-ce que tout va bien ?

— Bonsoir Monsieur. Me voilà ravie de tomber sur un aimable chauffeur de taxi. Je souhaite me rendre rue Camille Maumey au Bouscat, s'il vous plait.

Anne, de son prénom, n'avait pas de sac à main sur elle. Elle était perdue, Léon le savait. Avec un peu de difficulté, elle prit place à l'arrière.

— Vous êtes certaine que tout va bien ? s'inquiéta Léon.

— Bien sûr. Je suis allée faire ma petite promenade au Parc bordelais et je n'ai pas vu le temps passé. Il fait déjà si noir.

— Vous avez dû marcher un bon bout de temps, vu l'heure qu'il est.

— Ce n'est pas vrai… Oh mon dieu, ma mère va me disputer.

À cet instant précis, Léon comprit. Anne souffrait d'Alzheimer. Une fois, il s'était retrouvé avec un client atteint de cette maladie. Communiquer avec un malade était très compliqué. Il ne fallait surtout pas les brusquer ni essayer de les ramener à la raison. De la raison, les personnes atteintes d'Alzheimer n'en avaient que très peu voire plus du tout pour les moins chanceux ou les plus chanceux, selon la façon dont on voyait les choses.

Léon était conscient qu'il ne serait pas payé pour sa course. Mais il ne pouvait pas la jeter de son taxi comme une malpropre. C'était son devoir de citoyen que de porter assistance aux personnes en danger. Même sans être un devoir, il ne pouvait simplement pas laisser cette femme errer dans la nuit en plein milieu des boulevards. Elle pourrait faire une mauvaise rencontre, se blesser ou finir avec une grave pneumonie.

Il composa le 17, les informa qu'il prenait la route en direction de l'hôpital Pellegrin. Pour éviter de déclencher une crise chez sa cliente, il devait continuer à rouler comme si de rien n'était.

— Votre mère sera soulagée de vous voir rentrer. Ne vous en faites pas, je suis sûr qu'elle ne vous disputera pas.

— Vous êtes gentil. Mais vous ne connaissez pas ma mère. Quand on lui désobéit elle sort le fouet et alors là, attention à nos petites fesses, confessa-t-elle avec une grimace mi-inquiète, mi-moqueuse.

— Ma mère me donnait aussi de belles raclées. Elle n'était pas très grande, mais elle avait une force insoupçonnable.

Anne gloussa timidement. Léon ignorait depuis combien de temps elle trainait dehors. Il avait programmé le chauffage à 25°C, mais sa cliente grelottait encore. Elle ne s'en rendait même pas compte. Est-ce que quand on est atteint d'Alzheimer, on perd nos acuités sensorielles ? Est-ce que la sensation de froid n'est plus traitée par notre cerveau ? Léon ne savait pas.

C'était une sale maladie. La pire, selon lui. Il préférait être atteint d'un cancer et souffrir le martyre plutôt que de perdre sa tête. Il songea à l'horreur que devait traverser le malade quand il avait encore des moments lucides et qu'il réalisait avec effroi que ça irait de mal en pis. C'était atroce, mais le pire ce n'était pas pour le malade. C'était pour les proches qui assistaient avec impuissance à leur déchéance. Si Blanche avait souffert de cette maladie au lieu d'un cancer du sein, il ignorait quelle aurait été sa réaction. Peut-être que lui aussi aurait fini par perdre la tête.

— Regardez ces jeunes coquins qui sont encore dehors à cette heure-ci. Je suis sûre que le petit Nicolas est avec eux, blâma Anne en regardant une bande de copains trainer près d'un arrêt de bus. Ils devraient être au lit. Ils savent pourtant que je compte leur donner une interrogation demain.

— Vous êtes professeur ?

— Oui, professeur de français. Mon père était un talentueux écrivain. Il a écrit de nombreuses lettres d'amour à ma mère d'une beauté exceptionnelle lorsqu'il était en guerre. Une poésie à couper le souffle.

— Votre père a combattu contre les allemands ?

— Oui. Il est mort au front. Je ne l'ai jamais connu, hélas. Il est parti pour la guerre alors que je n'avais qu'un an. C'est de lui que je tiens mon goût pour la littérature et les mots.

— Vous avez grandi ici ?

— Nous vivions à Eysines avec mes grands-parents. Hier, ils ont rasé la tête de Margarette sur la place publique.

Anne passait d'un sujet à un autre. D'une époque à une autre. De but en blanc.

— Qui a fait ça ?

— Voyons, tu le sais bien, s'agaça-t-elle. Ils lui ont rasé sa longue chevelure blonde parce qu'elle est tombée amoureuse d'un allemand. C'est Philibert, le boulanger, qui l'a dénoncée.

C'était étrange cette faculté qu'avaient les gens souffrant d'Alzheimer de se souvenir de détails bien précis qui ont marqué leur enfance. Pour ainsi dire, fascinant.

« Racontez-moi une histoire, Monsieur Pierre ».

Monsieur Pierre ? Qui pouvait bien être Monsieur Pierre ? Sûrement un de ces hommes qui avait croisé son chemin quand elle était enfant. Quelle histoire lui raconter ?

C'était aussi ça, être chauffeur de taxi. Léon n'était pas juste la personne qui amène un client d'un point A à un point B. Non, il pouvait être plein d'autres choses. Guide touristique, agent de police. Mais le plus souvent, il était confident ou psychologue le temps d'un trajet. Conteur d'histoire, c'était bien la première fois. Anne s'impatientait et commençait à s'agiter. Elle se tortillait et arrachait les petites peluches de laine de sa robe de chambre.

— C'est une histoire d'amour entre un jeune garçon et une jeune fille prénommée Blanche.

— J'aime les histoires d'amour, confessa-t-elle en arborant un sourire malicieux derrière ses rides.

Léon posait le décor de sa rencontre avec Blanche, ce jour d'avril 1972. C'était son ami Henri qu'il lui avait présenté à la fête foraine du coin. Il raconta, le cœur encore serré, qu'il avait dépassé sa peur du vide et son vertige nauséeux pour enfin se retrouver en tête à tête avec Blanche sur cette nacelle de la grande roue que le vent faisait délicatement balancer. Au bout de quelques minutes, Anne baissa sa culotte. Elle était tout excitée et glissa deux doigts dans son vagin pour se masturber. *Et merde, il fallait que ça tombe sur moi.* Autant il se sentait capable de communiquer avec une personne souffrant d'Alzheimer, autant là, il était complètement perdu et paniqué. C'était un symptôme qui touchait certains malades. Mais comment réagir face à un malade en pleine désinhibition ?

« Rhabillez-vous s'il vous plait », demanda-t-il en essayant autant que possible de ne pas violer l'intimité de sa cliente.

Mais Anne n'écoutait pas. Elle continuait à se toucher. Le stress envahit Léon. Des gouttes de sueur froide perlaient son front. Il le nettoya rapidement avec la manche de sa veste, remonta ses lunettes et accéléra sa course. Tant pis pour les limitations de vitesse. Il n'était pas ambulancier ou pompier, mais là c'était une vraie urgence.

Au bout de trois minutes qui lui parurent être une éternité, il vit les sirènes bleues de la voiture de police clignoter au loin. Il était bientôt arrivé. Anne exhala un petit cri. *C'est un cauchemar !* hurla dans sa tête Léon.

En seulement une dizaine de minutes de route, Anne était passée d'enfant à professeur de français puis à exhibitionniste.

Enfin, il était arrivé.

— Mais qui êtes-vous, Monsieur ? Et qu'est-ce que je fais dans cette voiture ?

Comme par miracle, Anne venait de retrouver sa tête.

Léon expulsa un soupir de soulagement.

— Je m'appelle Léon, je suis chauffeur de taxi. Vous étiez perdu. Vous êtes monté dans mon taxi au niveau des boulevards.

Anne ne se souvenait de rien. Elle tremblotait. Elle tremblotait de détresse en réalisant que c'était la maladie qui l'avait fait sortir en pleine nuit de décembre. Elle tremblotait de honte en remontant sa culotte. Elle porta les mains sur son visage en cachant ses yeux noyés. Dans cet océan de larmes que déversait sa cliente, Léon compatissait. Ses cris étaient stridents. Léon réalisait l'intensité de sa douleur. Ses pleurs le transperçaient. C'était presque contagieux. Léon avait mal pour elle.

—9—

Théo, Sylvain et Cédric

Léon roulait entre le cours Victor Hugo et les Quais Richelieu.

« Un taxi ! Allez, venez, on y va ! « cria Théo.

Il courait en direction du taxi Victoria en renversant la moitié de son verre en plastique qu'il tenait avec sa main gauche. Ses deux compères de soirée l'imitèrent.

« Ah la jeunesse », dit à voix haute Léon en les regardant se précipiter vers lui. Ils paraissaient légers, insouciants et heureux. C'était normal en même temps, ils avaient la fleur de l'âge.

— Bonsoir M'sieur, on peut monter ? demanda Théo.

Il empestait l'alcool. Dans un mouvement rapide, Léon recula.

— Ah ouais, j'suis désolé M'sieur, je dois sentir l'alcool.

— Oh guette ça mec, c'est le Père-Noël ! dit Sylvain en donnant une tape complice avec la paume de sa main sur le torse de Cédric, légèrement perché.

— Ah ouais, vieux ! Mais c'est un truc de ouf, répondit Cédric en portant sa main sur sa bouche pour marquer sa surprise.

— Vous avez l'air d'avoir un peu trop bu, estima Léon.

Il n'était pas certain de vouloir les faire monter dans sa Victoria. Il ne voulait surtout pas que l'un d'eux vomisse toute la quantité astronomique d'alcool qu'ils avaient sans nul doute ingurgitée.

— On a un peu bu c'est vrai, mais je vous assure qu'on restera bien sage, promis Théo en levant son bras droit pour signifier « je le jure ».

Ils n'avaient quand même pas fière allure. Théo, tout maigrichon avec ses 1m90, avait les yeux plus rouges que son blouson. Ses deux amis n'étaient pas franchement plus épais. Avec leur look de skateurs, leurs cheveux mi-longs et leur petit duvet sur le visage, il n'y avait pas de quoi effrayer Léon. En attrapant l'un, ils pouvaient mettre à terre les deux autres, comme au bowling. Et puis, ils ne semblaient pas bien méchants. Ils étaient juste saouls. Lui aussi l'avait été au même âge. De nombreuses fois. Il était breton.

— Bon ok, montez. Par contre, vous laissez vos verres dehors. Je ne les veux pas dans mon taxi.

Ils s'exécutèrent comme de vrais petits soldats. Ce qui satisfit Léon.

— Trop bien ! Les gars, on monte avec le Père-Noël ! plaisanta Sylvain.

Avec la délicatesse d'un mammouth, ils prirent place à l'arrière du taxi.

— Où est-ce que je vous conduis ?

— Au casino ! Bordeaux Lac.

Avec ce qu'ils ont bu, jamais ils ne rentreront au casino, jugea Léon pendant que les trois loustics faisaient un brouhaha à faire saigner ses oreilles.

— Attachez vos ceintures.

Léon n'arrivait même plus à entendre la voix de Charles Aznavour. Ils piaillaient et gigotaient dans tous les sens. Sa Victoria bougeait.

— N'importe quoi, mec. Léa, elle a quand même un gros cul. Mais, sa pote...

— Ah ouais ! s'exclamèrent simultanément en échangeant un regard complice, Sylvain et Cédric.

— Allez vous faire foutre les gars. Léa, elle est vraiment trop belle ! Tu crois qu'elle est mieux peut-être Justine ? On dirait une poupée Barbie avec son rouge à lèvres rose dégueulasse.

Sylvain et Cédric chantèrent avec une voix éraillée :

— Justine, la coquine ! Justine, on la pine !

Ils éructèrent tous les trois un fou rire parsemé de postillons.

Léon les écoutait d'un air mi amusé, mi- sceptique.

— Pourquoi voulez-vous aller au casino à cette heure-ci ?

— Bah pour gagner le gros lot, Père-Noël ! répondit Cédric.

— Ouais, on veut gagner le jackpot !

— Et qu'est-ce que vous comptez faire si vous gagnez le jackpot ?

Qu'est-ce qu'il n'avait pas dit. La question suscita un vif intérêt. Les trois amis s'exprimèrent en même temps. Ils parlaient trop fort, trop vite. Léon ne décodait rien.

— Oh ! expulsa Léon sur un ton grave.

Ils se turent tout aussi vite. Il savait se faire écouter, Léon.

— Chacun son tour.

— Bah, moi si je gagnais le jackpot, genre cinq millions d'euros, j'arrêterais l'INSEEC et j'irais surfer toutes les vagues du monde entier. Je monterais mon école de surf sur une plage à Bali et je ferais des mojitos toute la journée. J'aurais une grosse villa de dingue où j'organiserais tous les week-ends des grosses teufs de malade ! commença Sylvain.

— Ah ouais, ça c'est cool mon pote, approuva Cédric en lui faisant un *check* de la main droite.

— Mec, te connaissant, si tu gagnais tu claquerais tes tunes en un an, se moqua Théo.

— N'importe quoi. Je dépense bien mon argent. Écoute-le parler, lui !

— Moi, si je gagnais cinq millions d'euros, je me ferais d'abord gonfler les pectoraux…

— Ah ouais gros, ça c'est une bonne idée, ricana Cédric.

— … Et ensuite j'épouserais Léa.

— Le seul moyen que tu puisses la serrer, c'est que tu sois riche ! ironisa à demi-mot Sylvain.

— Tu devrais aussi te payer un coach love. Sérieux, ça fait deux ans que tu nous saoules avec ta Léa. Et je vous jure Père-Noël, vous la verriez, vous seriez surpris. Elle est quand même un peu grasse.

— Mais ta gueule, bâtard ! l'insulta Théo en lui assenant une petite gifle sur la tête.

— Oh ça va, on plaisante.

— Il n'y a pas que le physique dans la vie les jeunes, poursuivit Léo avec la maturité de son grand âge.

— Bah quand même un peu ! C'est important le physique.

— Vous dites ça maintenant. Vous verrez plus tard, vous serez plus indulgents.

— Et toi Cédric, tu ferais quoi si tu gagnais le jackpot ?

— J'achèterais l'école de commerce les mecs et c'est moi qui déciderais des cours et tout. Je nous donnerais à tous le diplôme. Et après j'achèterais une grosse baraque pour ma famille et mes potes et j'investirais le reste de mes tunes dans le Bitcoin !

— Ouais !! T'es un mec intelligent toi, dit Théo.

— Bien sûr que je suis intelligent. Pas comme vous deux, bande de débiles. La monnaie virtuelle, c'est l'avenir.

— Et vous Père-Noël, vous feriez quoi si vous gagnez cinq millions d'euros ?

Léon avait posé cette question pour calmer l'effervescence de ses trois jeunes clients sans réellement y avoir lui-même réfléchi. Il ne croyait pas qu'il changerait quelque chose. Il aimait sa vie telle qu'elle était. Son taxi. Son métier. Il y avait bien une seule chose qu'il changerait. Revoir sa chère Blanche. Mais ça n'arriverait pas. Même le plus riche des hommes ne pourrait pas refaire venir un être aimé d'entre les morts. C'était la destinée de tous.

— Je ne modifierais rien.
— Quoi ? Vous êtes sérieux ? Rien du tout ? Même pas une autre voiture ?
— Qu'est-ce qu'elle a ma voiture ? attaqua Léon, piqué dans sa susceptibilité.

— Rien, mais ce n'est pas non plus un bolide.

— Vas-y, ferme-là Sylvain.

— Putain les gars je viens d'avoir une idée de génie ! dit Théo en se redressant. Si j'étais riche, je trouverais un moyen d'acheter le temps. Comme dans le film *Time Out*. Ça serait trop bon. On s'arrêterait de vieillir à 25 ans !

Tous les occupants du taxi approuvèrent.

— C'est clair, on serait frais toute notre vie. On pourrait faire la teuf tout le temps.

Cette interaction avec la jeune génération lui fit repenser à ses années de jeunesse et de débauche qui avaient filé aussi vite que la lumière. Il était nostalgique. Le temps passait si vite. Trop vite. Ils avaient peut-être des envies et des rêves différents, mais qu'ils aient à peine la vingtaine ou bien la soixantaine passée, ils étaient d'accord sur un point : le temps. Que ce soit pour l'accélérer, le stopper ou le reculer, ils voudraient avoir la maitrise du temps.

— Que comptez-vous faire quoi si vous ne rentrez pas au casino ?

— Mais on va rentrer. Pourquoi on ne rentrerait pas ?

— Vous devriez boire. J'ai des petites bouteilles d'eau, conseilla Léon en les montrant du doigt. Et prenez ces bonbons mentholés, ça pourra peut-être enlever cette puanteur qui sort de votre bouche.

—Théo, c'est toi qui payes !

— Ouais, c'est bon je vais payer pour cette fois. C'est parti ! s'enthousiasma Théo après avoir réglé la course.

Léon les regardait marcher ou plutôt tituber dans le froid de cette nuit hivernale. C'était l'alcool qui leur tenait chaud et sans doute aussi l'amitié.

Sûrement même. Entre accolades, plaisanteries et éclats de rire, ils étaient tout simplement heureux.

—10—
Mia

Il était plus de trois heures du matin. Léon avait faim. Il était comme tout le monde. Rester éveillé la nuit lui ouvrait l'appétit. Il commanda un kebab sur les Quais de Paludate. Sous un nuage de fumée qui s'échappait de la friteuse, un petit commerçant ambulant pressait avec agilité la bouteille de mayonnaise. Des notes rap grésillaient d'un vieux poste de musique que les éclats de rire mêlés aux décibels qui s'échappaient de la bouche de trois hommes en pleine discussion étouffaient.

Au milieu de cette population — jugée malfamée — des abords des boites de nuit et des bars, Léon faisait tache. Il n'avait ni la peau bronzée ni la peau tatouée. Il ne faisait ni partie des fêtards venus boire, danser et draguer, ni de ce pourcentage d'hommes venus prendre un peu de bon temps un jeudi soir dans un bar à strip-tease ou bien se taper une pute des abattoirs.

En attendant son kebab, les noctambules se moquaient de lui. « Hé le Père-Noël, t'as perdu ton traineau ou quoi ?! ». Ce n'était pas grave. Il avait passé l'âge de répondre à leurs moqueries. Tout ça, ça le dépassait. Finalement, en voulant jouer les plus malins, c'était eux qui étaient énervés par son indifférence. Peut-être même qu'ils étaient jaloux de voir que ça ne l'atteignait pas.

Léon remercia d'un signe de tête le commerçant au teint basané qui le regardait avec un air navré. Il était vraisemblablement plus embarrassé par la situation que ne l'était Léon.

— Fermez vos petites bouches, bande de branleurs, les réprimanda-t-il en levant la spatule pleine d'huile au ciel.

— Oh ça va, ça va... On rigole Père-Noël... ! Allez, reviens... ! J'ai été super sage, je mérite bien un petit cadeau, dit l'un d'eux en mimant une fellation.

Leur attention fut vite distraite par l'arrivée d'une jeune strip-teaseuse. Ils la sifflèrent.

— Quel cul ! Et Mademoiselle, tu ne veux pas venir me faire une petite gâterie ?

Elle répondit avec un doigt d'honneur.

— Faut pas être susceptible comme ça, répondit l'un d'eux avant de l'insulter.

Léon marchait en direction de sa Victoria quand la jeune fille l'interpella.

— Je peux monter ?

Mia, de son nom de scène, avait vingt-deux ans. Elle portait un petit short en cuir noir ras des fesses avec des bas résille et un petit haut rose fuchsia décolleté au-dessus du nombril laissant percevoir son piercing et le léopard de son soutien-gorge. Elle était suspendue sur des sandales couleur argent de douze centimètres. Avec sa coupe au carré au niveau des maxillaires et sa frange brune, elle avait des airs de Tokyo, la célèbre braqueuse dans la série *La casa de papel*. Son visage était si lisse. On dirait un enfant. *En même temps, ça en était encore une*, pensa Léon. Elle mâchouillait son chewing-gum.

— Alors, je peux monter ?

— Allez-y, répondit Léon en prenant une grande bouchée de son kebab avant de laisser le reste pour plus tard. Où allez-vous ?

— 202 rue Marcel Cachin à Bègles.

Mia comptait les billets qu'elle avait gagnés tout en mastiquant de manière impétueuse son chewing-gum.

— Vous voulez que je monte le chauffage ?

Elle s'arrêta dans ses comptes. Immobile, en tenant ses billets dans les deux mains, elle regarda de haut son chauffeur.

— C'est parce que je suis habillée comme une pute, c'est ça ?

— Pas du tout. C'était une simple question de politesse.

— Ouais…, dit-elle en reprenant la mastication de son chewing-gum et ses comptes.

Ça l'intriguait Léon. Il avait envie de savoir pourquoi une gamine de vingt-deux ans se retrouvait à jouer les strip-teaseuses. Il voulait en savoir plus, mais il ne dit rien. Il n'avait pas envie de la froisser.

— Yeah, ça c'est une bonne soirée ! s'exclama Mia en levant les liasses de billets qu'elle tenait fermement dans ses mains. Vous voyez, j'ai gagné en seulement cinq heures ce que vous ne gagnerez jamais en une nuit, provoqua-t-elle.

— Tant mieux, je suis content pour vous.

— Quoi, c'est tout ?

Mia se demandait pourquoi Léon ne lui posait pas plus de questions. D'habitude, on lui en posait toujours. On la cataloguait comme une catin. Alors, elle en jouait en faisant de la provocation.

Léon roulait à allure tranquille dans le calme de la nuit.

— Vous êtes bizarre, vous. En général, soit on me regarde avec envie, soit on me regarde avec un air de dégoût. Vous, ce n'est ni l'un ni l'autre. Vous me regardez comme si j'étais quelqu'un de normal, reprit Mia en posant ses coudes sur les dossiers des sièges avant pour se rapprocher de son chauffeur.

— Pourquoi ne seriez-vous pas quelqu'un de normal ? Reculez, s'il vous plait.

Mia attendit quelques secondes. Elle fit une bulle avec son chewing-gum qu'elle éclata près du visage de son chauffeur avant de reculer au fond de la banquette arrière.

— Je suis normale. Strip-teaseuse, c'est un métier comme un autre. J'ai un joli corps alors je ne vois pas pourquoi je ne m'en servirais pas. C'est mon gagne-pain. Les hommes aiment me regarder danser et chanter. Ils aiment me regarder me déshabiller. Est-ce que beaucoup de personnes peuvent se vanter de susciter autant de désir dans leur métier ? Je ne crois pas. Je trouve ça beau, moi. Vous me trouvez jolie, n'est-ce pas ?

Sa question mit mal à l'aise Léon. Il repositionna ses lunettes et racla sa gorge.

— Vous êtes très jeune.

— Et alors ? Si vous saviez ce que je suis capable de faire, vous ne me verriez plus comme une petite fille, dit-elle en repeignant ses lèvres pulpeuses d'un rouge à lèvres rouge vif. Vous savez, j'ai fait des études. J'étais inscrite en fac d'histoire.

— Pourquoi avez-vous arrêté ?

— Parce que j'ai vu que je pouvais gagner bien plus d'argent en faisant ce que je fais maintenant qu'en devenant prof d'histoire. Mais attention, ce fric je ne le gagne pas en baisant, hein ? Je ne suis pas une pute. J'exhibe simplement mon corps dénudé. Personne n'y touche.

— Vous êtes strip-teaseuse depuis longtemps ?

— Depuis trois ans. Grâce à une copine de fac, la petite coquine, dit-elle en ricanant. Je me suis toujours demandé comment elle faisait pour être toujours super bien habillée alors que ses parents sont agriculteurs dans une campagne paumée du sud-ouest.

— Et vous aimez être strip-teaseuse dans ce bar ?

— Dans l'ensemble, oui. J'aime ce bar parce qu'on me laisse chanter. Certains clients sont sympas, même attachants. Et d'autres sont des gros porcs. Ils peuvent parfois être dégoutants avec leur regard de pervers alcoolique et leur gros bide dégueulasse. Aucune femme ne leur toucherait la bite. Sauf une prostituée. Beurk.

Elle était crue, Mia. Pas de vocabulaire de première classe pour rendre plus innocent ce qui ne l'était pas.

— Il ne faut pas être fragile pour travailler dans ce milieu. Il faut être forte et ne pas les laisser nous faire croire que l'on est qu'un simple objet sexuel. Sinon, on finit tout droit à baiser dans une piaule d'un hôtel minable.

— Vous comptez faire ça pendant longtemps ?

Mia pouffa de rire.

— Ouh la non ! Mon rêve à moi, c'est d'être chanteuse de cabaret à Paris.

— À Paris ?

— Les clients disent que je chante merveilleusement bien, exprima Mia en arborant un sourire fier et en redressant son buste.

Elle était naïve Mia de penser ça. Mais bon, si ça lui permettait d'être heureuse, c'était le principal.

— Pourquoi n'êtes-vous pas à Paris en train de tout faire pour réaliser votre rêve ?

— Je pourrais. J'ai déjà suffisamment d'argent pour me payer au moins vingt allers-retours pour Paris. Mais le problème c'est que je dépense tout ! J'aime trop les fringues. Elle rigola bêtement ; puis elle reprit son sérieux : Je vais partir. Je ne sais pas quand, mais bientôt, se convint-elle.

Léon savait ce que voulait dire ce genre de réponse. C'était un cercle vicieux. Elle dit qu'elle le fera, mais elle ne le fera pas. Elle continuera à danser dans un bar à strip-tease jusqu'à ce que son corps vieillesse et qu'elle soit remplacée par une autre gamine de vingt ans.

Les notes de « Je m'voyais déjà » de Charles Aznavour débutèrent.

« J'adore cette chanson ! C'est un signe, montez le son ! » cria Mia, excitée comme une puce.

Léon s'exécuta. Un peu, mais pas trop fort non plus. Il n'aimait pas la musique trop forte. Ça lui perçait ses tympans déjà fragiles.

Mia se mit alors à chantonner les paroles du titre. Elle chantait avec frivolité en agitant ses bras sous le regard amusé de Léon. Elle ne chantait pas trop mal dans le fond. Elle ne ferait certainement pas l'affiche d'un cabaret, mais bon elle croquait la vie à pleine dent. Comme font les enfants. Elle était rêveuse et délurée. L'aversion qu'inspiraient les mâles en train de s'imaginer la prendre comme une pute et à laquelle elle était confrontée chaque soir dans ce bar miteux du quartier Belcier, n'avait toujours pas éteint cette petite flamme en elle. Léon était touché par sa fraicheur et la fragilité qu'elle dégageait.

— Comment vous vous appelez ? demanda subitement Mia.

— Léon.

— Léon, j'adore ! Vous verrez Léon, un jour, vous vous souviendrez de la strip-teaseuse à l'arrière de votre taxi ce jeudi soir de décembre. Je brillerai par mon talent, dit-elle en ricanant.

— C'est tout le mal que je vous souhaite.

Arrivée à destination, Mia prit un billet de vingt euros sur lequel elle dessina un baiser avec ses lèvres rouges pulpeuses.

« Tenez. C'est un petit bonus. Mon premier autographe », dit-elle en lui faisant un clin d'œil.

Léon la remercia en laissant s'échapper un petit rire caché derrière sa longue barbe. Il sortit de sa boite à gants une boite à madeleines. Elle ne comportait aucune sucrerie, mais des petits cadeaux ou des objets oubliés qu'il conservait en souvenir ou au cas où il reverrait un client. Il eut à peine le temps d'ouvrir le couvercle que Mia n'était plus là. Elle s'était comme volatilisée. Léon rangea le billet dans sa boite et dévora son kebab.

—11—
Tristan

C'était sa dernière course. Il était bientôt cinq heures du matin. Léon était à l'arrêt. La fatigue commençait à l'envahir. Il retira ses lunettes et les posa sur le siège avant passager. Il frotta ses yeux tout en bâillant. Il sortit deux minutes dehors pour se dégourdir les jambes et s'étirer un peu. Il prit une grande gorgée d'eau et un petit biscuit beurré. Puis, il nettoya ses lunettes avant de les reposer sur son nez.

Les phares allumés et le moteur toujours en marche dans la rue Chantecrit, Léon attendait que son client revienne. Dans la précipitation, Tristan avait oublié son *Mac* et s'il ne le récupérait pas maintenant, sa toute fraiche ex se ferait une joie de le balancer contre le mur ou bien elle le revendrait. Mille euros pour avoir été larguée quelques jours avant les fêtes de Noël, c'était un juste dédommagement. Ça pourrait peut-être même atténuer le chagrin et l'humiliation qu'elle venait de vivre.

Tristan ouvrit avec ferveur la porte de sortie de l'immeuble. Il avançait d'un pas rapide pour échapper au plus vite à la furie de son ex. Elle était vraiment remontée. En une fraction de seconde, elle le rattrapa. Elle le stoppa en lui agrippant le bras de sa main gauche, prit son élan et lui assena la raclée de sa vie avec sa main droite de tenniswoman. Léon, spectateur de la scène, laissa s'échapper un « ouille » en haussant ses épaules comme si c'était lui qui venait de recevoir cette gifle. Puis, elle rebroussa chemin aussi vite qu'elle était arrivée. Tristan massa sa joue gauche toute rouge et prit place dans le taxi. Avec sa peau de roux, la trace de la main de son ex-copine était bien visible.

— Vous n'avez pas trop mal ?

— Un peu. Elle n'y est pas allée de main morte. Je viens de la quitter en lui disant que je ne l'aimais pas, que je ne l'ai d'ailleurs jamais aimée et que je ne l'aimerai jamais. Je peux comprendre qu'elle soit très énervée.

— Ça met une fille en colère, en effet.

— Je ne sais même pas comment j'ai fait pour rester avec elle autant de temps. Elle n'est jamais contente. C'est une égoïste et une capricieuse. Bref, elle se prend pour une petite princesse.

Léon rit. Ce jeune homme lui plaisait.

— Ce n'était tout simplement pas la bonne.

— Ça, c'est sûr que ce n'était pas la bonne, confirma Tristan en ricanant à son tour. Les filles sont tellement compliquées.

— Le jour où vous tomberez amoureux, vous verrez, elle ne sera pas si compliquée que ça.

— Je suis déjà tombé amoureux, une fois. Elle s'appelait Sarah. Elle s'appelle toujours Sarah d'ailleurs, se corrigea Tristan en secouant sa tête.

Il se souvenait bien de Sarah. Comment pouvait-il l'oublier. Si l'amour avait un nom, pour Tristan, ce serait Sarah.

Léon était un peu fleur bleue. Il aimait entendre des histoires d'amour. Le plus beau et le plus violent des sentiments, selon lui.

— C'est une fille vraiment bien. Pas comme toutes ces folles. Et puis, Sarah, elle est belle. Le genre de beauté qui vous saisit au corps, qui vous prend aux tripes. Qui vous donne des papillons dans le ventre. Elle n'est pas parfaite, mais j'aime son imperfection. Ses yeux en amande bleus malicieux, ses dents du bonheur, ses petites taches de rousseur qu'elle essaie de camoufler. Son nez d'oiseau. Ses hanches qui dépassent. Son teint légèrement hâlé. Son odeur corporelle. La manière dont elle marche, dont elle parle.

En décrivant Sarah, Tristan avait des étoiles dans les yeux. Ces étoiles, Léon les connaissait bien.

— À vous entendre parler, vous semblez encore amoureux, souligna Léon. Pourquoi est-ce que votre histoire s'est terminée ?

Subitement, les plissures autour des commissures de ses lèvres qui s'étaient dessinées en repensant à Sarah disparurent. À la place, les coins de ses lèvres et les coins externes de ses sourcils s'affaissèrent.

— Elle a déménagé à Paris. Moi, ma vie est ici. Les relations longue distance, ce n'est pas un truc qui marche. On a préféré mettre un terme à notre relation.

— C'était il y a longtemps ?

— Il y a quatre ans.

— Si vous l'aimez toujours, pourquoi ne pas la rejoindre ?

— Je vous l'ai dit, ma vie est ici. J'ai mon boulot, mes amis. Et puis de toute façon, elle a quelqu'un maintenant.

— Peut-être qu'elle aussi éprouve toujours des sentiments pour vous. Vous allez laisser filer la chance de vivre une belle histoire juste pour une question de géographie ? Vous êtes jeune et libre. Vous pouvez aller où vous voulez. Surtout maintenant, ça n'a jamais été aussi simple.

— Que voulez-vous que je fasse ? Aller à Paris et lui dire que je l'aime toujours ? se moqua à moitié Tristan.

— Pourquoi pas ? De quoi avez-vous peur ?

— Bah qu'elle me dise d'aller me faire voir ! Le temps a passé. Je doute qu'elle ressente encore quelque chose pour moi. On n'est pas dans une comédie romantique à l'eau de rose.

— Il n'y a qu'un seul moyen de le savoir. À vous de voir si vous voulez avoir des regrets ou des remords.

Tristan ricana. Il inclina sa tête en direction de son chauffeur puis vers l'architecture du 18e siècle des bâtiments des quais des Chartrons avec ses pierres blanches et ses toits en ardoise. Trois fois d'affilée.

Léon, lui, souriait. Il était content de voir qu'il restait encore des jeunes comme Tristan. Au fil des années, il voyait évoluer les relations hommes-femmes de la génération Y et Z avec une pointe de déception. Ce n'était pas une généralité, mais il lui semblait que tomber amoureux était presque devenu démodé. Comme une marque de faiblesse. Que ce soit fille ou garçon, ils baisaient pour baiser. Ils n'avaient aucune honte à pratiquer sans le moindre sentiment des actes pourtant si intimes. Il en avait eu des jeunes qui s'adonnaient à des préliminaires à l'arrière de sa Victoria. Masturbation, langues qui s'éparpillent. Quand il estimait que c'était trop, Léon n'hésitait pas à les faire sortir de son taxi en plein milieu de sa course.

Le tramway B était bloqué, à l'arrêt. « Encore un problème. Heureusement que j'ai pris le taxi », songea Tristan. Un vaporeux brouillard s'était formé, rendant à peine visible la courbe de la grande roue de la place des Quinconces. Ils écoutaient « Emmenez-moi » de Charles Aznavour.

— Emmenez-moi à la gare, exprima Tristan en se redressant, une main appuyée sur le dossier du siège avant passager.

— Pardon ?

— Oui, vous avez raison. Je vais aller à Paris et lui dire ce que je ressens. Je n'ai pas envie d'être comme ces mecs qui ont peur d'exprimer leurs sentiments parce que ça ne fait pas viril. Je vais lui dire. Et puis si ça marche, on trouvera bien une solution entre Bordeaux et Paris. Si elle me claque la porte au nez, tant pis. On change de direction, on va à la gare, termina-t-il sur un ton assuré.

Il regarda sa montre. Il était 4h58. « Je peux attraper le premier train », se persuada Tristan.

Léon poussa sur la pédale d'accélération et passa la vitesse supérieure. Pas non plus de quoi se retrouver dans *Fast and furious*. Tristan regarda son reflet sur l'écran de son portable. Son ex l'avait réveillé en pleine nuit parce qu'il n'arrêtait pas de ronfler. Il n'était pas au top de sa forme avec la crève qu'il se trainait depuis deux jours. Il n'était pas non plus passé chez le coiffeur et sa chevelure ondulée était indomptable.

— J'ai vraiment une sale gueule.

— Ne vous découragez pas, vous êtes très bien, le rassura Léon.

Tristan ne le croyait pas vraiment. Il le trouvait plutôt sympathique, mais avec sa longue barbe et sa ressemblance avec le Père-Noël, il avait du mal à croire qu'il soit le mieux placé pour dire avec objectivité s'il était potable ou non.

— Qu'est-ce que je vais lui dire ? « Salut Sarah. Ça fait quatre ans qu'on ne s'est pas vu, mais comme je passais dans le coin je me disais que je pourrais venir te voir et te dire que je suis toujours amoureux de toi ? », ironisa Tristan.

— Soyez tout simplement honnête. Vous verrez, ça viendra tout seul.

— Mouais… J'improviserai au moment venu. Si elle est là. Parce qu'elle peut tout aussi bien ne pas être chez elle.

Ses pulsations cardiaques s'accélérèrent. Il avait chaud, il commençait à transpirer. Ses pupilles se dilataient. Tristan était à la fois exalté et stressé. Il n'irait pas travailler ce vendredi. C'était fou ce qu'il allait faire. Il était simplement amoureux. La folie n'avait d'égale que l'amour.

Si vous avez aimé mon roman ou même si vous ne l'avez pas aimé, pensez à déposer un petit commentaire sur Amazon. Vos remarques me permettront de progresser.

Contact : soniav.auteure@gmail.com

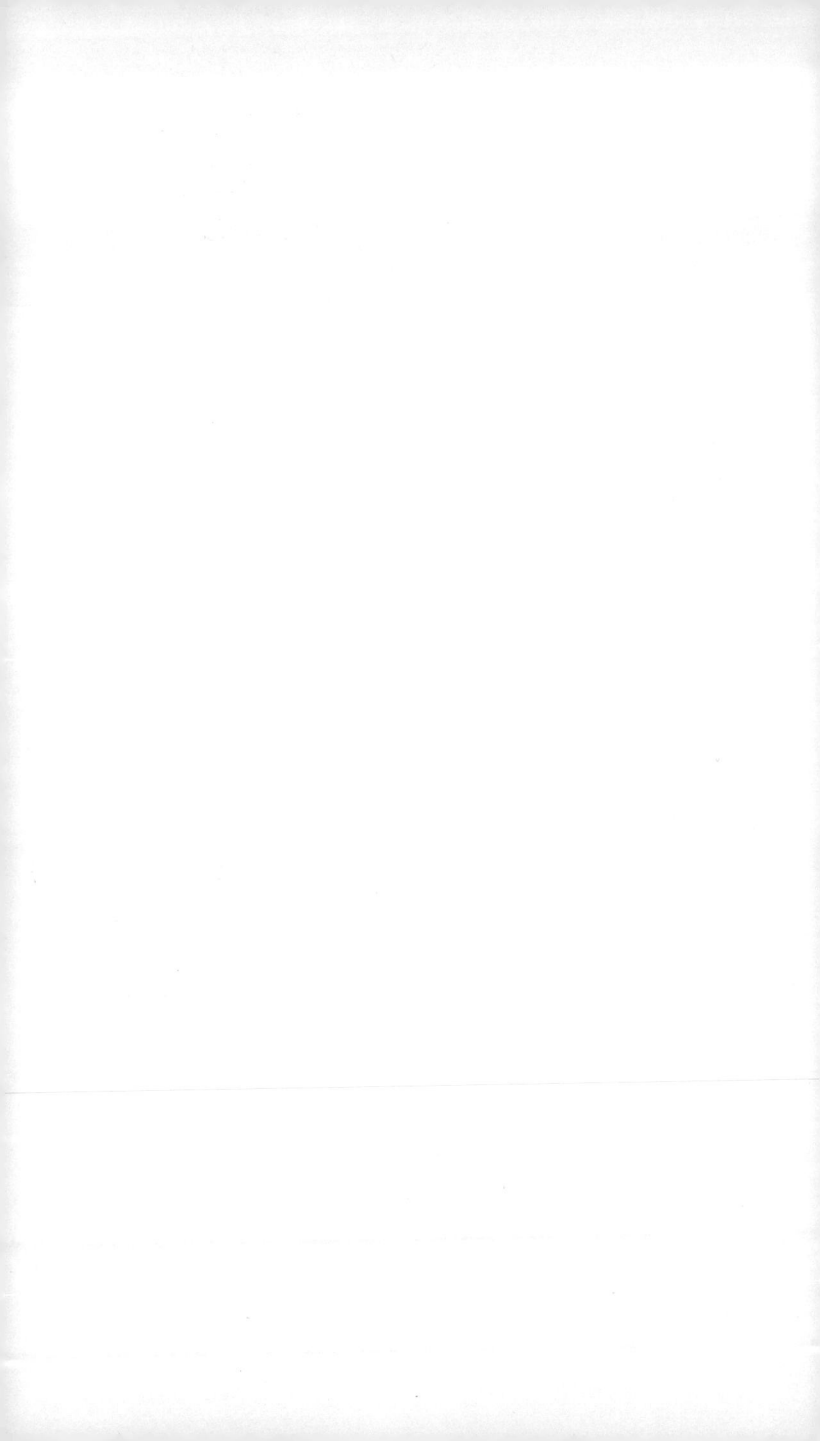